DORA BRUDER

Patrick Modiano

DORA BRUDER

Tradução de
Márcia Cavalcanti Ribas Vieira

Posfácio de
André de Leones

Rocco

Título original
DORA BRUDER

© Éditions Gallimard, 1997

Direitos para a língua portuguesa reservados
com exclusividade para o Brasil à
EDITORA ROCCO LTDA.
Av. Presidente Wilson, 231 – 8º andar
20030-021 – Rio de Janeiro – RJ
Tel.: (21) 3525-2000 – Fax: (21) 3525-2001
rocco@rocco.com.br / www.rocco.com.br

Printed in Brazil/Impresso no Brasil

CIP-Brasil. Catalogação na fonte.
Sindicato Nacional dos Editores de Livros, RJ.

M697d   Modiano, Patrick, 1945-
   Dora Bruder/Patrick Modiano; tradução de
Márcia Cavalcanti Ribas Vieira. – Rio de Janeiro:
Rocco, 2014.

   Tradução de: Dora Bruder.
   ISBN 978-85-325-0889-8

   1. Ficção francesa. I. Vieira, Márcia Cavalcanti
Ribas. II. Título.

14-17823
CDD–843
CDU–821.133.1-3

Há oito anos, folheando o velho jornal *Paris-Soir*, de 31 de dezembro de 1941, encontrei esta chamada: "De ontem a hoje". Embaixo, estava escrito:

"PARIS

Procura-se uma jovem, Dora Bruder, 15 anos, 1,55cm, rosto oval, olhos marrom-acinzentados, casacão cinza, suéter bordô, saia e chapéu azul-marinho, sapatos marrons. Qualquer informação dirigir-se ao Sr. e à Sra. Bruder, bulevar Ornano, 41, Paris."

Conheço bem este bairro do bulevar Ornano. Quando eu era criança, minha mãe me levava ao Mercado das Pulgas de Saint-Ouen. Descíamos do ônibus na entrada de Clignancourt, às vezes em frente à prefeitura do *XVIIIe arrondissement*. Era sempre sábado ou domingo, de tarde.

No inverno, sempre encontrávamos o gordo fotógrafo e sua máquina com tripé, na calçada em frente ao quartel Clignancourt. Misturado à leva de passantes de domingo, lá estava ele, com seus óculos redondos e seu nariz de espinhas, chamando a todos para uma foto suvenir. No verão, instalava-se nas pranchas de Deauville, em frente ao bar do Sol, onde conseguia clientes. Era diferente em Clignancourt: ninguém parecia gostar de ser fotografado. Usava sempre o mesmo sobretudo gasto, e tinha um dos sapatos furado.

Lembro-me de como estavam desertos o bulevar Barbès e o bulevar Ornano, num domingo de sol à tarde, em maio de 1958. Em cada esquina, membros da guarda civil, devido aos acontecimentos na Argélia.

Frequentei o bairro no inverno de 1965. Tinha uma amiga que morava na rua Championnet, Ornano 49-20.

Já nessa época a leva de passantes de domingo deveria ter arrastado o gordo fotógrafo. Mas não fui lá verificar. Para que servia o quartel?

Janeiro de 1965. Às seis horas já estava escuro no cruzamento do bulevar Ornano com a rua Championnet. Eu não era nada, eu me confundia com esse crepúsculo, com essas ruas.

No final do bulevar Ornano, o último café do lado par se chamava Verse Toujours. Na esquina do bulevar Ney, à esquerda, um outro café com uma vitrola automática. Na esquina Ornano-Championnet, uma farmácia, dois bares, sendo um mais antigo, no ângulo da rua Duhesme. Tudo o que consegui esperar nesses cafés... Muito cedo de manhã, quando ainda era noite. No final da tarde, ao escurecer. Mais tarde, na hora de fechar...

Domingo à noite, um velho automóvel preto, esporte – parecia um Jaguar – estacionado na rua Championnet, na altura do jardim de infância. Atrás, uma placa branca: G.I.G. Grande inválido de guerra. A presença desse automóvel no bairro me perturbou. Que rosto teria seu proprietário?

Depois das nove, o bulevar ficava deserto. Ainda vejo a luz na boca do metrô Simplon e, quase em frente, a da entrada do cinema Ornano, no 43. O edifício do 41, que precedia o cinema, nunca me chamou a atenção, e no entanto passei por ele durante meses, anos. De 1965 a 1968. Qualquer informação, favor enviar ao Sr. e à Sra. Bruder, bulevar Ornano 41, Paris.

De ontem a hoje. Ao recuar no tempo, as lembranças se embaralham, os invernos se confundem. O de 1965 e o de 1942.

Em 1965, eu não sabia nada de Dora Bruder. Mas hoje, depois de passados trinta anos, acho que essas longas esperas nos cafés do bulevar Ornano, certos itinerários, sempre os mesmos – subia a rua Mont-Cenis, para chegar aos hotéis da Butte Montmartre: o Roma, o Alsina ou o Terrass, na rua Caulaincourt –, e as impressões fugidias que guardei: uma noite de primavera, quando se ouviam as vozes entre as árvores da praça de Clignancourt, e no inverno novamente, a descida para Simplon e o bulevar Ornano, tudo isso não aconteceu somente por acaso. Talvez, mesmo que eu não tivesse ainda consciência do fato, eu já estivesse na pista de Dora Bruder e seus pais. Eles já estavam lá, em filigrana.

Tento encontrar pistas, as mais distantes no tempo: há doze anos, quando eu acompanhava minha mãe ao Mercado das Pulgas de Clignancourt, um judeu polonês que vendia malas, à direita, ao final de uma dessas alamedas cheias de barracas, mercado Malik, mercado Vernaison... Malas luxuosas, de couro, de crocodilo, outras de papelão, bolsas de viagem, malas grandes, com as etiquetas das companhias de navios – todas empilhadas, umas por cima das outras. Sua barraca ficava a céu aberto. Ele estava sempre com um cigarro no canto dos lábios, e, uma tarde, ofereceu-me um.

Fui algumas vezes ao cinema no bulevar Ornano. Ao Clignancourt Palace, no final do bulevar, ao lado do Verse Toujours. E no Ornano 43.

Mais tarde, soube que o Ornano 43 era um cinema muito antigo. Foi reconstruído nos anos 1930, ficando com essa aparência de navio. Voltei a esses lugares em maio de 1996. Uma loja substituiu o cinema. Atravessando a rua Hermel chega-se em frente ao prédio do bulevar Ornano 41, o endereço indicado no anúncio de busca de Dora Bruder.

Um edifício de cinco andares do final do século XIX. Junto com o 39, forma um bloco cercado pelo bulevar, o final da rua Hermel e a rua Simplon, que passa atrás dos dois edifícios. Eles são parecidos. O 39 traz uma inscrição indicando o nome do arquiteto, um tal de Richefeu, e a data da sua construção: 1881. Certamente, isto vale também para o 41.

Antes da guerra, e até o início dos anos 1950, o 41 do bulevar Ornano era um hotel, assim como o 39, que se chamava Lion d'Or. O 39, antes da guerra, era um restaurante administrado por um tal de Sr. Gazal. Não encontrei o nome do hotel do 41. No início dos anos 1950, nesse endereço está a Société Hôtel et Studios Ornano, Montmartre 1254. E também, como antes da guerra, um café cujo dono se chama Marchal. Este bar não existe mais. Ficaria à esquerda ou à direita da portaria do 41? Esta deixa entrever um amplo corredor. Ao fundo, uma escada dobra à direita.

Precisamos de tempo, para que venha à luz o que estava escondido. Nos registros há pistas, mas não sabemos onde eles estão escondidos, quais são os seus guardiães, se estes vão permitir nossa intromissão. Ou, quem sabe, esqueceram-se simplesmente de que os registros existem.

É preciso paciência.

Finalmente soube que Dora Bruder e seus pais moraram no hotel do bulevar Ornano, em 1937 e 1938. Ocupavam um quarto com cozinha no quinto andar, lá onde se vê uma varanda cercada por uma grade de ferro que se estende pelos dois imóveis. Há umas dez janelas, no quinto andar. Duas ou três dão para o bulevar, as outras para o final da rua Hermel, e, atrás, para a rua Simplon.

Quando voltei ao bairro nesse dia de maio de 1996, as persianas enferrujadas das duas primeiras janelas do quinto andar, que davam para a rua Simplon, estavam fechadas e, em frente às janelas, na varanda, havia um monte de objetos jogados, talvez há muito tempo.

Durante os dois ou três anos que precederam a guerra, Dora Bruder devia estar matriculada em uma das escolas do bairro. Escrevi uma carta ao diretor de cada uma delas, pedindo que investigassem seu nome nos registros:

8 rua Ferdinand-Flocon
20 rua Hermel
7 rua Championnet
61 rua de Clignancourt

As respostas foram gentis. Nenhum deles encontrou esse nome na lista dos alunos das turmas de antes da guerra. Por fim, o diretor da antiga escola de moças, na rua Championnet 69, propôs que eu fosse pessoalmente consultar os registros. Irei, um dia. Mas hesito. Prefiro imaginar que seu nome esteja lá. Era a escola mais próxima de seu domicílio.

Levei quatro anos para descobrir a data exata de seu nascimento: 25 de fevereiro de 1926. E levei mais dois anos para conhecer o lugar onde nascera: Paris, *XII^r arrondissement*. Mas sou paciente. Posso esperar horas sob a chuva.

Numa sexta-feira de tarde, em fevereiro de 1966, fui à administração do *XII^r arrondissement*, ao serviço de registro civil. O encarregado deste serviço – um rapaz jovem – me entregou uma ficha para preencher:

"Requerente no guichê: Coloque seu
Sobrenome
Nome
Endereço
Peço a cópia integral da certidão de nascimento de
Sobrenome BRUDER Nome DORA
Data de nascimento: 25 de fevereiro de 1926
Assinale se você é:
O interessado requerente
O pai ou a mãe
O avô ou a avó
O filho ou a filha
O esposo ou a esposa
O representante legal
Você tem uma procuração e uma carteira de identidade do(a) interessado(a)
Com exceção dessas pessoas, não será expedida a cópia da certidão de nascimento."

Assinei a ficha e lhe entreguei. Depois de examiná-la, disse que não podia me dar a cópia integral da certidão de nascimento: eu não tinha nenhum laço de parentesco com essa pessoa.

Por momentos, pensei que ele era uma dessas sentinelas do esquecimento, cuja tarefa seria a de esconder algum segredo hediondo, proibindo, aos que assim o desejassem, encontrar alguma pista da existência de alguém. Mas ele tinha uma cabeça boa. Aconselhou-me a pedir uma derrogação no Palácio da Justiça, bulevar do Palácio nº 2, 3, seção de registro civil, 5º andar, escritório 501. De segunda a sexta feira, das 14 às 16 horas.

No número 2 do bulevar do Palácio, eu me apressava em atravessar as pesadas grades e o pátio principal, quando um guarda me indicou outra porta, um pouco mais abaixo: a que dava acesso à Sainte-Chapelle. Uma fila de turistas aguardava, mas eu queria passar depressa sob o pórtico, quando um dos guardas, com um gesto severo, obrigou-me a fazer fila com os demais.

No final de um vestíbulo, o regulamento exigia que tirássemos todos os objetos de metal dos bolsos. Eu tinha apenas um molho de chaves comigo. Devia colocá-lo numa espécie de esteira rolante, e recuperá-lo do outro lado de um vidro, mas na hora não entendi nada da operação. Por causa da minha hesitação, outro guarda gritou comigo. Era um soldado? Um policial? Deveria lhe entregar também, como nas entradas das prisões, os cadarços, o cinto e a carteira?

Atravessei um pátio, entrei num corredor e desemboquei num grande hall, onde homens e mulheres, segurando pastas pretas na mão, andavam apressados, alguns vestindo togas de advogado. Não tive coragem de lhes perguntar onde era a escada cinco.

Um guarda sentado atrás de uma mesa me indicou a outra extremidade do hall. Entrei em uma sala deserta, cujas persianas entreabertas deixavam entrever um dia cinzento. Eu devia aproveitar a oportunidade para atravessar rapidamente a sala, já que ainda não havia encontrado a escada cinco. Mas comecei a sentir uma espécie de pânico, uma vertigem, como ocorre nos pesadelos, ou quando não conseguimos chegar a uma estação, e as horas passam, e vamos perder o trem.

Há vinte anos, experimentei uma aventura parecida. Soube que meu pai fora hospitalizado no Pitié-Salpêtrière. Eu não o tinha visto mais desde o final da minha adolescência. Decidi que lhe faria uma visita improvisada.

Lembro que vaguei durante horas pelo enorme hospital, à sua procura. Entrava em prédios antigos, nas salas de enfermaria, repletas de camas, e as perguntas que fazia às enfermeiras recebiam sempre respostas contraditórias. Acabei duvidando da existência de meu pai, passando inúmeras vezes diante daquela majestosa igreja, dos prédios irreais, intactos desde o século XVIII. Eles me lembravam Manon Lescaut, a época em que esse lugar era usado como prisão para mulheres, com o sinistro nome de Hôpital Général, antes de que fossem deportadas para Louisiane. Percorri os pátios

de cimento até a noite. Não consegui encontrar meu pai.
Nunca mais o revi.

Mas, finalmente, encontrei a escada cinco e subi seus andares. Um conjunto de salas de escritório. Indicaram-me uma, a 501. Uma mulher de cabelos curtos, e ar indiferente, perguntou-me o que queria.

Com uma voz seca explicou-me que para obter essa certidão de nascimento seria preciso escrever à Promotoria, no Tribunal de Justiça, cais de Orfèvres, 3ª seção B.

Depois de três semanas, recebi uma resposta.

"Em vinte e cinco de fevereiro de mil novecentos e vinte e seis, às vinte e uma horas e dez minutos, nasceu, na rua Santerre 15, Dora, do sexo feminino, de Ernesto Bruder, nascido em Viena (Áustria) em vinte e um de maio de mil oitocentos e noventa e nove, operário, e de Cecília Bruder, nascida em Budapeste (Hungria) em dezessete de abril de mil novecentos e sete, sem profissão, sua esposa, domiciliados à Sevran (Seine-et-Oise) avenida Liégeard 2. Registrado em vinte e sete de fevereiro de mil novecentos e vinte e seis, às quinze horas e trinta minutos, segundo a declaração de Gaspard Meyer, setenta e três anos, empregado e domiciliado à rua Picpus 76, que assistiu ao parto e, leitura feita, assinou conosco,

Auguste Guillaume Rosi, adjunto do administrador do décimo segundo *arrondissement* de Paris."

O 15 da rua Santerre é o endereço do hospital Rothschild. Em sua maternidade nasceram, na mesma época que Dora, numerosas crianças de famílias judias pobres que tinham imigrado há pouco para a França. Ao que parece, Ernesto Bruder não pôde se ausentar do seu trabalho para registrar a filha, nessa quinta-feira, 25 de fevereiro de 1926, na administração do XIIe *arrondissement*. Talvez encontrássemos num registro algumas informações sobre Gaspard Meyer, que assinou a certidão de nascimento. O 76 da rua Picpus, lá onde ele era "empregado e domiciliado", era o endereço do hospício Rothschild, fundado para abrigar velhos e indigentes.

As pistas de Dora Bruder e seus pais, nesse inverno de 1926, se perdem nos subúrbios de Paris, na região nordeste, à margem do canal de l'Ourcq. Um dia irei a Sevran, mas suas ruas podem estar muito diferentes, como acontece em todos os subúrbios. Eis os nomes de alguns estabelecimentos e habitantes da rua Liégeard, nessa época: o Trianon de Freinville, no número 24. Um café? Um cinema? No 31, estava o Caves de l'Île-de-France. Um doutor Jorand morava no 9, Platel, um farmacêutico, no 30.

A rua Liégeard, onde os pais de Dora moravam, era parte de um conjunto que se estendia até os distritos de Sevran,

Livry-Gargan e Aulnay-sous-Bois, e que era chamado de Freinville. O bairro nasceu em volta da fábrica de freios Westinghouse, que se instalara no local no início do século. Um bairro de operários. Nos anos 1930, o bairro tinha tentado sua autonomia municipal, sem sucesso. E continuou assim, dependendo dos três municípios vizinhos. Mas tinha sua estação: Freinville.

Ernesto Bruder, pai de Dora, era provavelmente, nesse inverno de 1926, operário na usina de freios Westinghouse.

Ernesto Bruder. Nascido em Viena, Áustria, em 21 de maio de 1899. Deve ter passado a infância em Leopoldstadt, o bairro judeu dessa cidade. Seus pais eram, provavelmente, originários da Galícia, Boemia ou Morávia, como a maior parte dos judeus de Viena, que vinham das províncias do leste do império.

Frequentei o bairro de Clignancourt, em Viena, quando tinha 20 anos, em 1965. Morava em Taubstummengasse, atrás da igreja de Saint-Charles. Passei algumas noites em um hotel de última categoria, perto da estação do Oeste. Lembro-me das noites de verão em Sievering e em Grinzing, e da praça, com uma orquestra tocando. E de uma pequena cabana, em meio a uma espécie de jardim aberto, do lado de Heilingenstadt. Nos sábados e domingos de julho, tudo ficava fechado, até mesmo o café Hawelka. Ninguém ficava na cidade. Num dia de sol, o trem atravessava os bairros da região nordeste, até a praça Pötzleinsdorf.

Quero um dia voltar a Viena, que não revejo há mais de trinta anos. Talvez encontre a certidão de nascimento de Ernesto Bruder, no registro de estado civil da comunidade israelita de Viena. Saberei então o nome, o sobrenome, a profissão e o lugar de nascimento de seu pai, o nome e sobrenome de solteira de sua mãe. E onde era seu domicílio, algum lugar nessa região da segunda zona distrital que margeia a estação do Norte, o Prater e o Danúbio.

Ele conheceu, como criança e adolescente, a rua do Prater, com seus bares e teatros, onde representavam os Budapester. E a ponte da Suécia. E a praça da Bolsa de Comércio, ao lado de Taborstrasse. E o mercado das Carmelitas.

Em Viena, em 1919, seus 20 anos foram mais duros que os meus. Após as primeiras derrotas dos exércitos austríacos, milhares de refugiados deixaram a Galícia, Bukovine, ou a Ucrânia, chegando em levas sucessivas, e se instalando em sobrados precários, perto da estação do Norte. Uma cidade à deriva, separada do império, que não existia mais. Ernesto Bruder não devia ser diferente dos grupos de desempregados que erravam pelas ruas, com as lojas fechadas.

Talvez ele fosse de origem menos miserável que os refugiados do Leste? Seria filho de um comerciante de Taborstrasse? Como podemos saber?

Numa pequena ficha, entre milhares de outras que foram feitas vinte anos mais tarde, com a finalidade de organizar as prisões da Ocupação, e que estão até hoje jogadas no Ministério de Antigos Combatentes, está escrito que Ernesto Bruder era "2ª classe, legionário francês". Ele se alistou, então, na Legião Estrangeira, sem que eu possa precisar a data. Mil novecentos e dezenove? 1920?

O alistamento era por cinco anos. Não era preciso ir até a França, bastava se apresentar num consulado francês. Ernesto Bruder teria se apresentado no consulado da Áustria mesmo? Ou já estava na França, nesse momento? Em todo caso, é bem provável que o tenham enviado, junto com outros alemães e austríacos, aos quartéis de Belfort e Nancy, lá onde a recepção não era das melhores. Dali a Marseille, e ao forte São João; tampouco lá a recepção era boa. Depois a travessia: sabe-se que Lyautey precisava de trinta mil soldados no Marrocos.

Tento reconstituir o périplo de Ernesto Bruder. Em Sidi Bel Abbes, os que se alistavam recebiam um prêmio. A maioria deles – alemães, austríacos, russos, romenos, búlgaros – estava em tal estado de miséria que se surpreendiam ao receber um prêmio. Não acreditavam. Deixavam que o dinheiro deslizasse rapidamente para dentro dos bolsos, como se alguém, logo em seguida, pudesse exigir-lhes restituição. Depois vinham o treinamento, as caminhadas nas dunas, as marchas intermináveis sob o sol escaldante da Argélia. Os alistados que vinham da Europa Central, como Ernesto Bruder, suportavam mal o treinamento: tinham sido subalimentados durante a adolescência, devido ao racionamento dos quatro anos de guerra. Depois, os quartéis de Meknès, Fez ou Marrakech. Eram enviados em operação, para pacificarem os territórios rebeldes do Marrocos. Abril de 1920. Combate em Bekrit e em Ras-Tarcha. Junho de 1921. Combate do batalhão da legião do comandante Lambert sobre o Djebel Hayane. Março de 1922. Combate do Chouf-ech-Cherg. Capitão Roth. Maio de 1922. Combate do Tizi Adni. Batalhão da legião Nicolas. Abril de 1923. Combate de Arbala. Combates da mancha de Taza. Maio de 1923. Combates violentos em Bad-Brida do Talrant, que os legionários do comandante Naegelin travam sob fogo intenso. Na noite do dia 26, o batalhão da legião Naegelin ocupa de surpresa o maciço de Ichendirt. Junho de 1923. Combate de Tadout. O batalhão da legião Naegelin se impõe. Os legionários instalam o pavilhão tricolor sobre uma grande *casbah*, ao som de clarins. Combate no leito do rio Athia, onde o batalhão da legião Barrière luta duas vezes com baioneta. O batalhão da legião Buchsenschutz ataca as trincheiras do pico sul de Bou-Khamouj. Combate em El-Mers. Julho de 1923. Combate na bacia de Immouzer. Batalhão da legião Cattin. Batalhão da legião

Buchsenschutz. Batalhão da legião Susini e Jenoudet. Agosto de 1923. Combate de Oued Tamghilt.

À noite, nessa paisagem de areia e cascalhos, ele pensaria em Viena, sua cidade natal, com os castanheiros de Hauptallee? A pequena ficha de Ernesto Bruder, "2ª classe, legionário francês", diz, ainda: "mutilado de guerra 100%". Em qual combate se feriu?

Aos 25 anos, ele estava de novo em uma calçada de Paris. Por causa do ferimento, deve ter sido dispensado do alistamento na legião. Tenho a impressão de que ele não falou sobre isso com ninguém. Não interessava a ninguém. Provavelmente, não teria nem mesmo tocado na sua pensão por invalidez. Não recebeu a nacionalidade francesa. A única vez que encontrei uma referência ao seu ferimento foi numa das fichas de polícia, que eram usadas para organizar as prisões da Ocupação.

Em 1924, Ernesto Bruder casa-se com uma jovem de 17 anos, Cecília Burdej, nascida em 17 de abril de 1907, em Budapeste. Não podemos saber onde se realizaram as bodas, nem os nomes das testemunhas. Em que circunstâncias se terão conhecido? No ano anterior, Cecília Burdej emigrou de Budapeste para Paris, com seus pais, suas quatro irmãs e seu irmão. Uma família judia, originária da Rússia, mas que deve ter se instalado em Budapeste no início do século.

A vida era tão dura em Budapeste como em Viena, depois da Primeira Guerra, e foi preciso fugir ainda para o Oeste. Instalaram-se então em Paris, no asilo israelita da rua Lamarck. No mês da chegada à rua Lamarck, três das meninas, de 14, 12 e 19 anos, morreram de febre tifoide.

Ernesto e Cecília já morariam, na época em que se casaram, na rua Liégeard, em Sevran? Ou num quarto de hotel em Paris? Nos anos seguintes a seu casamento, depois do nascimento de Dora, eles moraram sempre em quartos de hotel.

São pessoas que não deixam vestígios atrás de si. Praticamente anônimas. Não podemos separá-las de certas ruas de Paris, de certas paisagens de subúrbio, onde descobri, por acaso, que moraram. O que sabemos delas se resume, quase sempre, a um endereço apenas. E essa precisão topográfica contrasta com o que vamos ignorar para sempre de suas vidas – esse branco, esse bloco de desconhecimento e silêncio.

Encontrei uma sobrinha de Ernesto e Cecília Bruder. Conversei com ela ao telefone. As lembranças que ela guarda deles são as de infância, fluidas e precisas ao mesmo tempo. Lembrou-se da ternura e da delicadeza do seu tio. Deu alguns detalhes de sua família. Contou que antes de morarem no hotel do bulevar Ornano, Ernesto, Cecília e sua filha Dora moraram em outro hotel. Uma rua que dava para a rua Poissonniers. Olho a planta, cito ao acaso as ruas. Sim, era a rua Polonceau. Mas ela nunca ouviu falar de Sevran, nem de Freinville, nem da fábrica Westinghouse.

É comum dizer-se que os lugares, em geral, guardam um sinal das pessoas que os habitaram. Sinal: marca em cruz ou em relevo. Para Ernesto e Cecília Bruder, para Dora, digo:

em cruz. Tive uma forte impressão de ausência e de vazio cada vez que estive num lugar onde eles moraram.

Dois hotéis, nessa época, na rua Polonceau: um, no número 49, era administrado por um certo Rouquette. No anuário, foi registrado como "Hotel Vin". O outro, no 32, tinha como gerente um tal de Charles Campazzi. Esses hotéis não tinham nome. Não existem mais hoje em dia.

Em 1968, caminhei muitas vezes pelos bulevares. Saía da praça Blanche, e ia até debaixo dos arcos do metrô aéreo. No mês de dezembro, barracas de feira cobriam o aterro. As luzes diminuíam de intensidade quando nos aproximávamos do bulevar de la Chapelle. Eu ainda não sabia nada de Dora Bruder e de seus pais. Sim, sentia algo estranho, é verdade, quando caminhava ao longo do muro do hospital Lariboisière, ou, depois, pelas linhas férreas. Tudo ficava muito escuro, um breu. Mas era apenas o contraste entre a luz forte do bulevar Clichy e o escuro do interminável muro, que ia até os arcos do metrô. Treva, penumbra.

Hoje em dia, este bairro de la Chapelle pode ser visto sendo todo constituído de linhas de fuga. As linhas férreas, a proximidade da estação do Norte, o barulho dos trens de metrô que passam rapidamente por cima de nossas cabeças deixam essa impressão. Não é possível que alguém lá se instale por muito tempo. Uma encruzilhada, onde cada um parte do seu canto na direção dos quatro pontos cardeais.

Mesmo assim, anotei os endereços das escolas do bairro, onde poderia achar talvez nos registros o nome de Dora Bruder, se essas escolas ainda existissem:

Jardim de infância: Rua Saint-Luc 3.

Escolas primárias municipais para meninas: rua Cavé 11, rua Poissonniers 43, beco de Oran.

E os anos foram passando, pelas portas de Clignancourt, até a guerra. Não sei nada deles, ao longo desses anos. Cecília Bruder já trabalharia como "operária peleteira", ou então, "operária de confecção, assalariada", como está escrito nas fichas? Sua sobrinha diz que ela trabalhava num ateliê, do lado da rua Ruisseau, mas não tem certeza. Ernesto Bruder continuaria operário, já não mais na fábrica Westinghouse de Freinville, mas em outra, em local próximo? Ou também teria se empregado num ateliê de confecção, em Paris? Na sua ficha, feita durante o período da Ocupação, pode-se ler: "Mutilado de guerra 100%. 2ª classe, legionário francês", e no item profissão: "Sem".

Algumas fotos dessa época. A mais antiga, do dia do casamento. Estão sentados, e se apoiam num consolo. Ela está envolta num grande véu branco, que parece prender no lado direito do seu rosto, e que se arrasta até o chão. Ele está de casaca, e usa uma gravata-borboleta branca. Uma foto com a filha Dora. Estão sentados, Dora de pé no meio: ela só tem uns 2 anos. Uma foto de Dora, feita com certeza por ocasião de uma distribuição de prêmios. Ela tem em torno de 12 anos, está de vestido e meias soquetes brancas. Tem um livro na mão direita. Seus cabelos estão presos num delicado arco, com pequenas flores brancas. Sua mão esquerda está pousada em cima de um grande cubo branco, enfeitado de barras pretas, com motivos geométricos, que deve lá estar como objeto de decoração. Outra foto, tomada no mesmo lugar, na mesma época, e talvez no mesmo dia: é possível ver os quadrados feitos pelo sol no chão, e o grande cubo branco enfeitado com motivos geométricos pretos, em cima do qual se senta Cecília Bruder. Dora está de pé à esquerda, com um vestido de gola, o braço esquerdo dobrado à frente, de forma a conseguir colocar a mão no ombro da mãe. Mais uma foto de Dora e de sua mãe: Dora tem em torno de 12 anos, os cabelos mais curtos que na foto anterior. Elas estão de pé diante do que parece ser uma parede, mas que deve ser o painel do fotógrafo. Ambas de vestido preto, com gola branca. Dora está um pouco à frente de sua mãe, à sua direita. Uma foto de forma oval na qual Dora está um pouco mais velha – 13, 14, os cabelos mais compridos –, e os três formam fila indiana, com o rosto virado para a objetiva: agora Dora e sua mãe, as duas com um chemise branco, e Ernesto Bruder, de terno e gravata. Uma foto de Cecília Bruder diante do que parece ser um pavilhão de subúrbio. Em primeiro plano, à esquerda, grande quantidade de hera cobre o muro. Ela está sentada na beirada de três degraus de cimento, e usa um vestido leve, de verão. No fundo, a silhueta de uma criança de costas, pernas e braços nus, com um suéter preto, de tricô, ou um maiô. Será Dora? A fachada de um outro pavilhão, atrás de uma porta de madeira, com um alpendre e uma só janela em cada andar. Onde será isso?

Uma foto mais antiga de Dora, sozinha, com 9 ou 10 anos. Pode-se ver que ela está embaixo de um telhado, exatamente debaixo de um raio de sol, à sua volta está escuro. Usa blusa e meias brancas, seu braço esquerdo está apoiado na cadeira, e ela colocou o pé direito na borda de uma construção de cimento, que pode ser uma grande gaiola, ou um grande viveiro, mas não se podem ver, por causa do escuro, os animais ou pássaros que lá estão. Essas sombras, e essas manchas de sol são as de um dia de verão.

Houve outros dias de verão no bairro de Clignancourt. Os pais de Dora devem tê-la levado ao cinema, no Ornano 43. Bastava atravessar a rua. Ou ela teria ido sozinha? Ainda muito jovem, segundo sua prima, ela já era rebelde, independente, voluntariosa. O quarto de hotel era muito pequeno para três pessoas.

Em criança, ela deve ter brincado na praça Clignancourt. O bairro, às vezes, parecia uma pequena aldeia. Os vizinhos colocavam cadeiras nas calçadas, à noite, para conversar. Era comum ir-se tomar uma limonada no terraço de um bar. Às vezes, homens que nunca sabíamos ao certo se eram pastores ou feirantes passavam com suas cabras, vendendo um grande copo de leite por dez *sous*. A espuma nos deixava um bigode branco.

À entrada de Clignancourt, a construção e o pedágio. À esquerda, entre os blocos de edifícios do bulevar Ney e o Mercado das Pulgas, estendia-se um quarteirão inteiro de barracas, galpões, acácias e casas baixas, que foram destruídas depois. Há 14 anos, tive um impacto ao ver esse terreno vazio. Achei que o havia reconhecido em duas ou três fotos, tiradas no inverno: uma espécie de grande esplanada, onde vemos passar um ônibus. Um caminhão parado, digamos que para sempre. Um campo de neve, em cuja ponta extrema se veem uma charrete e um cavalo preto. E, ao fundo, a massa cinzenta de edifícios.

Lembro-me de ter sentido pela primeira vez uma sensação de vazio, como a que sentimos diante de tudo o que foi destruído, cortado rente. Eu não sabia ainda da existência de Dora Bruder. Talvez – certamente – ela terá passeado por lá, nessa região que lembra encontros de amor secretos, ou felicidades perdidas. Ainda se podiam ter lembranças campestres nesse lugar; as ruas se chamavam: passagem do Poço, passagem do Metrô, caminho dos Álamos, beco dos Cachorros.

Em 9 de maio de 1940, Dora Bruder, com 14 anos, foi internada num estabelecimento religioso, obra do Sagrado Coração de Maria, dirigido pelas irmãs das Escolas Cristãs da Misericórdia, nos n°s 60 e 62 da rua Picpus, *XIIe arrondissement*.

O registro do internato traz as seguintes informações:

"Sobrenome e nome: Bruder, Dora.
Data e local de nascimento: 25 de fevereiro de 1926, Paris XII, de Ernesto e Cecília Bruder, pai e mãe.
Situação familiar: filha legítima.
Data e condições de admissão: 9 de maio 1940.
                    Pensão completa
Data e motivo de saída: 14 de dezembro de 1941.
                    Em consequência de fuga."

Por que motivo os pais de Dora a colocaram nesse internato? Talvez porque fosse difícil continuarem morando três pessoas num quarto de hotel, no bulevar Ornano. Eu me pergunto se Ernesto e Cecília Bruder não estariam sob a ameaça de uma medida de internamento, na qualidade de "dependentes do Reich" e "ex-austríacos", a Áustria não existindo mais depois de 1938, e fazendo parte agora do "Reich".

Foram internados, no outono de 1939, os dependentes do "Reich" e os ex-austríacos de sexo masculino, nos campos de "concentração". Eles foram divididos em duas categorias: suspeitos e não suspeitos. Os não suspeitos foram levados para o estádio Yves-du-Manoir, em Colombes. Depois, em dezembro, eles reuniram os grupos assim chamados de "prestatários estrangeiros". Ernesto Bruder terá sido um deles?

Em 13 de maio de 1940, quatro dias depois da chegada de Dora ao pensionato do Sagrado Coração de Maria, foi a vez de as mulheres dependentes do Reich e ex-austríacas serem deportadas para o Vélodrome d'Hiver, lá ficando internadas por treze dias. Depois, com a chegada das tropas alemãs, foram levadas aos Baixos Pireneus, ao campo de Gurs. Cecília Bruder teria sido convocada também?

Somos classificados nas mais estranhas categorias, das quais nunca ouvimos falar, e que não correspondem ao que somos, em absoluto. Convocam-nos. Internam-nos. Bem que gostaríamos de saber o motivo.

Eu me pergunto como Cecília e Ernesto Bruder souberam da existência do pensionato do Sagrado Coração de Maria. Quem os aconselhou a colocar lá sua filha Dora? Certamente, aos 14 anos, ela já teria dado provas de sua independência, já teria revelado o caráter rebelde a que se refere a prima. Seus pais acharam que seria melhor colocá-la num lugar com mais disciplina. O casal judeu escolheu, então, uma instituição cristã. Mas seriam praticantes? Teriam tido escolha? As alunas do Sagrado Coração de Maria eram moças de origem modesta. Podemos ler na nota biográfica da madre superiora desse estabelecimento, do tempo de Dora: "Crianças em geral privadas de família, ou definidas como caso social, aquelas por quem o Cristo sempre manifestou sua preferência." E, numa brochura consagrada às Irmãs das Escolas Cristãs da Misericórdia: "O Sagrado Coração de Maria foi criado para oferecer eminentes serviços às crianças e jovens das famílias deserdadas da capital."

O ensino com certeza seria um pouco mais do que as artes domésticas e os trabalhos de costura. Estas Irmãs das Escolas Cristãs da Misericórdia, cuja casa principal era a antiga abadia de Saint-Sauver-le-Vicomte, na Normandia, fundaram a ordem do Sagrado Coração de Maria em 1852, na rua Picpus. Desde essa época, era um internato profissionalizante para quinhentas jovens filhas de operários, com 75 irmãs.

No momento da derrocada de junho de 1940, as alunas e as irmãs abandonaram Paris, refugiando-se em Maine-et-Loire. Dora deve ter partido com elas nos últimos trens repletos que ainda era possível tomar na estação de Orsay, ou de Austerlitz. Elas seguiram o longo cortejo dos refugiados, nas estradas que descem em direção ao Loire.

O retorno a Paris, em julho. A vida do internato. Ignoro o uniforme que usavam as internas. Apenas a descrição feita no anúncio de busca, em dezembro de 1941: suéter bordô, saia azul-marinho, sapatos esporte marrons. Uma blusa embaixo? Estou quase adivinhando os horários do dia. Levantar às seis horas. Capela. Sala de aula. Refeitório. Sala de aula. Recreio no pátio. Refeitório. Sala de aula. Capela. Dormitório. Saída, aos domingos. Fico imaginando a dura vida entre aqueles muros para aquelas moças, aquelas por quem o Cristo sempre manifestou a sua preferência.

Segundo me disseram, as Irmãs das Escolas Cristãs da rua Picpus criaram uma colônia de férias em Béthisy. Seria em Béthisy-Saint-Martin, ou em Béthisy-Saint-Pierre? Os dois povoados ficam na região de Senlis, no Valois. Dora Bruder talvez tenha passado lá alguns dias com suas colegas, no verão de 1941.

Os prédios do Sagrado Coração de Maria não existem mais. Há novos edifícios, e pode-se ver como é grande o terreno. Mas não tenho nenhuma foto. Numa velha planta de Paris está escrito, no local a ele reservado: "Casa de educação religiosa". Vemos quatro pequenos quadrados, uma cruz indicando os edifícios e a capela do pensionato. E a divisão do terreno, uma linha estreita e profunda, indo da rua Picpus à rua Reuilly.

Na planta, em frente ao pensionato, do outro lado da rua Picpus, encontramos agora a congregação da Mãe de Deus, depois a da Damas da Adoração e o Oratório de Picpus, com o cemitério onde estão enterrados, em cova comum, mais de mil vítimas, que foram guilhotinadas durante os últimos meses do Terror. Na mesma calçada do pensionato, e quase a seu lado, o grande terreno das Damas de São Clotilde. Depois as Damas Diaconesas, onde fiquei certa vez para tratamento de saúde, aos 18 anos. Lembro-me do jardim das Diaconesas. Eu não sabia, na época, que esse estabelecimento tinha servido à reeducação de jovens. Um pouco como o Sagrado Coração de Maria. Um pouco como o Bom Pastor. Esses lugares onde você é internado sem que saiba se vai sair algum dia, e que têm nomes engraçados: Bom Pastor d'Angers. Refúgio de Darnetal. Asilo Santa-Madalena de Limoges. Solidão de Nazaré.

Solidão.

O Sagrado Coração de Maria, nos números 60 e 62 da rua Picpus, estava situado no final dessa rua e da rua da estação de Reuilly. Esta rua ainda possuía um aspecto primitivo, no tempo de Dora. Do lado ímpar se podia ver um muro alto sombreado pelas árvores do colégio.

Consegui reunir alguns detalhes sobre esses lugares, tais como Dora Bruder os deve ter visto um dia, cada dia, durante quase um ano e meio: o grande jardim acompanhava a rua da estação de Reuilly, e os edifícios do colégio eram separados por um pátio. Neste pátio, sob rochedos que imitavam uma gruta, ficava o jazigo dos membros da família da madre, benfeitora do pensionato.

Não sei se Dora Bruder fez amizades no pensionato, ou se, ao contrário, se isolou. Só posso lidar com suposições, a não ser que conseguisse falar com alguma amiga dessa época. Deve existir, certamente, em Paris ou nos subúrbios de Paris, hoje em dia, uma mulher que tenha em torno de 70 anos, e possa se lembrar de sua colega de sala, ou de dormitório, daquele tempo – esta jovem que se chamava Dora, 15 anos, 1,55m, rosto oval, olhos marrom-acinzentados, casacão esporte cinza, suéter bordô, saia e chapéu azul-marinho, sapatos esporte marrons.

Ao escrever este livro, lanço apelos, como sinais de um farol. Tenho dúvidas de que estes conseguirão iluminar a noite. Mas posso esperar.

A superiora desse tempo, no Sagrado Coração de Maria, se chamava madre Marie Jean-Baptiste. Nasceu – está na sua nota biográfica – em 1903. Após seu noviciado foi enviada a Paris, para o Sagrado Coração de Maria, onde ficou 17 anos, de 1929 a 1946. Ela tinha apenas 40 anos, quando Dora Bruder foi internada lá.

Ela era – segundo a nota – "independente e generosa", e "dotada de uma forte personalidade". Veio a falecer em 1985, três anos antes que eu soubesse da existência de Dora Bruder. Certamente se lembraria dela – ao menos, por causa da fuga. Mas afinal, o que poderia me dizer? Alguns detalhes, alguns pequenos fatos cotidianos? Por mais generosa que fosse, não podia ter adivinhado o que se passava na mente de Dora Bruder, nem como esta vivia a sua vida de pensionista, nem a forma como ela via, cada manhã e cada noite, a capela, os falsos rochedos do pátio, o muro do jardim, o ranger das camas no dormitório.

Encontrei uma mulher que conheceu, em 1942, esse pensionato, alguns meses depois da fuga de Dora. Era mais jovem que Dora, tinha uns 10 anos. E a lembrança que guardou do Sagrado Coração de Maria é uma lembrança de infância. Morava apenas com sua mãe, uma judia de origem polonesa, na rua Chartres, bairro Goutte-d'Or, a alguns passos da rua Polonceau, onde moraram Cecília, Ernesto Bruder e Dora. Para não morrer de fome, a mãe trabalhava no turno da noite numa oficina, onde se fabricavam muflas para a Wehrmacht. A menina ia à escola da rua Jean-François-Lépine. Em fins de 1942, a preceptora aconselhou a sua mãe que a escondesse, devido às prisões, e foi certamente ela que lhe deu o endereço do Sagrado Coração de Maria.

Inscreveram-na no pensionato com o nome de "Suzanne Albert", para despistar sua origem. Ficou doente. Mandaram-na para a enfermaria, onde havia um médico. Depois de certo tempo, como se recusasse a comer, não pôde mais permanecer lá.

Ela se lembrou da escuridão do pensionato: as paredes, as aulas, as enfermarias – tudo, a não ser as toucas brancas das irmãs, era escuro. Aquilo parecia mais um orfanato. Disciplina de ferro. Sem aquecimento. Comida, só nabos. Os alunos faziam a prece "às seis horas", e esqueci de perguntar se eram às seis horas da manhã ou da noite.

Dora passou o verão de 1940 no pensionato da rua Picpus. Aos domingos ia visitar seus pais, provavelmente, que ainda moravam no quarto de hotel do bulevar Ornano, 41.

Com o mapa do metrô, tento refazer o trajeto de Dora. Para evitar muitas mudanças de linha, devia pegar o metrô em Nation, que ficava bem perto do pensionato. Direção Point de Sèvres. Mudança em Strasbourg-Saint-Denis. Direção Porte de Clignancourt. Descia em Simplon, bem em frente ao cinema e ao hotel.

Vinte anos depois, tomei diversas vezes o metrô em Simplon. Era sempre por volta das dez da noite. A estação estava deserta a essa hora, e os trens só vinham em longos intervalos.

Ela também devia fazer o mesmo caminho de volta, aos domingos, de tarde. Seus pais a levariam? Na estação de Nation, era preciso andar um pouco ainda e o caminho mais curto era pegar a rua Picpus, indo pela Fabre de Eglantine.

Era como voltar a uma prisão. Os dias encurtavam. Já era noite quando ela cruzava o pátio, passando em frente ao falso rochedo do monumento funerário. Uma lâmpada ficava acesa no patamar. Ela atravessava os corredores. A capela, para as orações de domingo à noite. Depois, fila em silêncio, até o dormitório.

E chegou o outono. Em Paris, os jornais de 2 de outubro publicaram um decreto em que se dizia que os judeus teriam que se recensear nos quartéis. A declaração do chefe de família era válida para toda a família. A fim de evitar uma longa espera, rogava-se aos interessados que observassem, de acordo com a primeira letra de seu nome, as datas indicadas nos quadros abaixo...

A letra B caía em 4 de outubro. Nesse dia, Ernesto Bruder foi preencher o formulário na delegacia de polícia do bairro de Clignancourt. Mas ele não declarou sua filha. A cada um dos que se recenseavam era dado um número de matrícula que, mais tarde, figuraria no "fichário familiar". Isto foi chamado de número do "processo judeu".

Ernesto e Cecília Bruder tinham o número de processo judeu 49091. Mas Dora não tinha nenhum.

Talvez Ernesto Bruder tenha imaginado que ela estaria a salvo na zona franca, no pensionato do Sagrado Coração de Maria, e que não seria bom chamar a atenção sobre ela.

E para Dora, aos 14 anos, esta categoria – "judeu" – não queria dizer nada. De fato, o que eles entendiam pela palavra "judeu"? Ele nem deve ter-se perguntado. Já estava acostumado a que a administração o classificasse em diferentes categorias, que ele sempre aceitava, sem discussão. Operário. Legionário francês. Não suspeito. Mutilado 100%. Contribuinte estrangeiro. Judeu. Assim como ele, sua mulher, Cecília. Ex-austríaca. Não suspeita. Operária peleteira. Judia. Só Dora ainda podia escapar de todas essas classificações, e ao número 49091 do processo.

Quem sabe, teria podido escapar até o fim. Bastava permanecer entre os muros escuros do pensionato, se confundindo com eles; e respeitar escrupulosamente o ritmo dos dias e das noites, sem se fazer notar. Dormitório. Capela. Refeitório. Pátio. Sala de aula. Capela. Dormitório.

O acaso quis – certamente foi o acaso – que no pensionato do Sagrado Coração de Maria ela tivesse reaparecido algumas dezenas de metros próximo ao local onde nascera, em frente, do outro lado da rua. Santerre 15. Maternidade do hospital Rothschild. A rua Santerre era a continuação da rua da estação de Reuilly, e do muro do pensionato.

Um quarteirão calmo, rodeado de árvores. Não tinha se modificado desde que eu lá estive todo um dia, há 25 anos, no mês de junho de 1971. De vez em quando, as pancadas de verão me impeliam a buscar proteção debaixo de um alpendre. Naquela tarde, sem saber por quê, tive a sensação de estar na pista de alguém.

A partir do verão de 1942, a região próxima ao Sagrado Coração de Maria ficou particularmente perigosa. Há dois anos que eram feitas prisões, no hospital Rothschild, no orfanato do mesmo nome na rua Lamblardie, no hospício da rua Picpus 76, onde trabalhava e morava Gaspard Meyer, que assinou a certidão de nascimento de Dora. O hospital Rothschild era uma verdadeira pocilga, para onde eram mandados os doentes do campo de Drancy, que depois eram novamente enviados para o campo. Tudo isso graças à boa vontade dos alemães, que supervisionavam a rua Santerre nº 15, ajudados por membros de uma agência de polícia privada, a agência Faralicq. Crianças e adolescentes da idade de Dora foram presos, em grande número, no orfanato Rothschild, onde se esconderam, na rua Lamblardie, primeira rua à direita depois da rua da estação de Reuilly. E nesta rua da estação de Reuilly, no nº 48, exatamente em frente ao muro do colégio, foram presos nove rapazes e moças da idade de Dora, uns mais jovens, e suas famílias. Sim, o único enclave deste grupo de casas que foram preservadas é o jardim e o pátio do pensionato do Sagrado Coração de Maria. Mas, com a condição de não se sair de lá, de se deixar ficar, esquecido, à sombra daqueles muros escuros, eles também obedientes ao toque de recolher.

Escrevo estas páginas em novembro de 1966. Chove quase todos os dias. Amanhã começa o mês de dezembro, e cinquenta anos se terão passado desde que Dora fugiu. Escurece cedo e é melhor assim: a noite disfarça o peso do dia cinzento, e a monotonia dos dias de chuva, quando nos perguntamos se é realmente dia, ou se não estamos atravessando um estágio intermediário, uma espécie de eclipse sombrio, que vai até o anoitecer. Então, as luzes se acendem, as vitrines, os bares, o ar da noite é vivo, o contorno das coisas mais nítido, as pessoas correm, o trânsito engarrafa. E no meio das luzes e da agitação, custo a acreditar que estou na mesma cidade de Dora Bruder e seus pais, e também a do meu pai, quando ele tinha 20 anos menos que eu. Tenho a impressão de que estou inteiramente só, ao fazer este paralelo entre a Paris daquele tempo e a de hoje, única pessoa a lembrar-se de todos esses detalhes. Por instantes, o elo se enfraquece e parece que vai se romper, em algumas noites, a cidade de ontem aparece em reflexos fortuitos, atrás da de hoje.

Reli os volumes quinto e sexto de *Os miseráveis*. Neles, Victor Hugo descreve a travessia noturna por Paris que fazem Cosette e Jean Valjean, perseguidos por Javert, desde o bairro da barreira de Saint-Jacques até o Petit Picpus. Podemos seguir num mapa uma parte do itinerário. Eles chegam perto do Sena. Cosette começa a sentir-se cansada. Jean Valjean carrega-a nos braços. Eles circundam o Jardim das Plantas pelas ruas de baixo, chegam ao cais. Atravessam a ponte de Austerlitz. É só Jean Valjean colocar o pé na margem direita e ele acha que viu sombras no cais. A única forma de escapar – ele pensa – é seguir a pequena rua do Chemin-Vert-Saint-Antoine.

E, em geral, experimenta-se uma sensação de vertigem, como se Cosette e Jean Valjean, para escapar de Javert e dos policiais, caíssem no vazio: até então, eles cruzavam as ruas de uma Paris real, e, de repente, são lançados em um bairro de uma Paris imaginária, que Victor Hugo chama de Petit Picpus. Esta sensação de estranheza é a mesma que sentimos quando caminhamos, distraídos, por um bairro desconhecido. Quando despertamos, percebemos aos poucos que as ruas desse bairro estão como que superpostas às que nos são familiares durante o dia.

E eis o que me confunde: no final da fuga, nesse bairro cuja topografia e nome das ruas Victor Hugo inventou, Cosette e Jean Valjean escapam por pouco de uma patrulha de polícia, escondendo-se detrás de um muro. Eles se deparam com um jardim "muito amplo e com um aspecto singular: um desses jardins escuros, que parecem feitos para serem vistos no inverno e de noite". É o jardim de um convento, onde eles vão se esconder, e que Victor Hugo localiza exatamente no nº 62 da rua Petit Picpus, o mesmo endereço do pensionato do Sagrado Coração de Maria, onde Dora Bruder morou.

"Na época em que se passa esta história" – escreve Victor Hugo – "havia um pensionato ligado ao convento [...]. Essas moças [...] se vestiam de azul com uma boina branca [...]. Havia nessa área do Petit Picpus três edifícios bem-conhecidos: o grande convento que abrigava as religiosas, o pensionato onde moravam os alunos e, finalmente, o que era chamado de 'o pequeno convento'." E depois de fazer uma descrição minuciosa do lugar, dirá, ainda: "Não conseguimos passar diante dessa casa extraordinária, desconhecida, obscura, sem entrarmos lá, fazendo entrar também os espíritos que nos acompanham, e que nos ouvem contar a história melancólica de Jean Valjean, para deleite de alguns, quem sabe."

Como muitos outros antes de mim, acredito pessoalmente nas coincidências, e, às vezes, no dom de vidência dos escritores – a palavra "dom" não é o termo exato, já que sugere uma espécie de superioridade. Não, isso faz parte da profissão: os esforços de imaginação, necessários nessa profissão, a necessidade de fixar o espírito em pontos, detalhes – de maneira até obsessiva – para não perder o fio da meada, deixando-se ir de forma aleatória – toda essa tensão, essa ginástica cerebral, pode certamente provocar, a longo prazo, breves intuições "relativas a acontecimentos passados ou futuros", como está escrito no dicionário Larousse, no tópico "Vidência".

A partir de dezembro de 1988, depois de ter lido o anúncio de busca de Dora Bruder no *Paris-Soir* de dezembro de 1941, não consegui deixar de pensar no assunto por vários meses. A extrema precisão de alguns detalhes me intrigava: bulevar Ornano 41, 1,55m, rosto oval, olhos marrom-acinzentados, casacão esporte cinza, suéter bordô, saia e chapéu azul-marinho, sapatos esporte marrons. E a noite, o desconhecido, o esquecimento, o nada, à minha volta. Eu achava que jamais conseguiria achar a menor pista de Dora Bruder. Então, sentindo um enorme vazio, decidi-me por escrever um livro, *Voyage de noces,* uma maneira como outra qualquer de manter a atenção sobre Dora Bruder, e, talvez, me dizia a mim mesmo, para elucidar, ou até adivinhar alguma coisa dela, um lugar por onde ela tivesse passado, um detalhe de sua vida. Eu ignorava tudo sobre seus pais, e as circunstâncias de sua fuga. A única coisa que sabia era isso: tinha lido seu nome, BRUDER DORA – sem outra menção, nem data, nem lugar de nascimento – embaixo do de seu pai, BRUDER ERNESTO, 21.5.99. *Viena. Apátrida,* na lista dos que partiam no comboio de 18 de setembro de 1942, para Auschwitz.

Ao escrever este romance, pensava em certas mulheres que conheci nos anos 1960: Ana B., Bela D. – da mesma idade que Dora, uma delas nascida com um mês de diferença –, e que estiveram, durante a Ocupação, na mesma situação de Dora, e que poderiam ter tido a mesma sorte, e que se pareciam com ela, não há dúvida. Hoje em dia percebo que foi preciso escrever duzentas páginas para conseguir captar, inconscientemente, um vago reflexo da realidade.

Isso pode ser comprovado em algumas palavras: "O trem parou em Nation. Rigaud e Ingrid deixaram passar a estação da Bastille, onde deveriam pegar a correspondência para Porte Dorée. À saída do metrô, se encontraram num grande campo de neve[...]. O trenó atravessou pelas ruas estreitas para chegar ao bulevar Soult."

Estas pequenas ruas são vizinhas à rua Picpus e ao pensionato do Sagrado Coração de Maria, de onde Dora Bruder deve ter fugido, numa noite de dezembro em que certamente nevou em Paris.

Eis o único momento do livro em que, sem desconfiar, me aproximei dela, no espaço e no tempo.

Estava escrito, portanto, no registro do internato, o nome de Dora Bruder e a anotação: "data e motivo de saída": "14 dezembro de 1941. Em consequência de fuga."

Era um domingo. Suponho que ela aproveitou esse dia de folga para ir à casa dos pais no bulevar Ornano. À noite, não voltou ao pensionato.

Esse último mês do ano foi o período mais negro que Paris conheceu desde o início da Ocupação. Os alemães decretaram, de 8 a 14 de dezembro, o toque de recolher a partir das seis da tarde, em represália a dois atentados. Depois disso, houve a prisão de setecentos judeus franceses, em 12 de dezembro; em 15 de dezembro, a multa de 1 bilhão de francos imposta aos judeus. E, na manhã do mesmo dia, setenta reféns foram fuzilados no monte Valérien. Em 10 de dezembro, um decreto do chefe de polícia convidava os judeus franceses e estrangeiros do Sena a se submeterem a um "controle periódico", apresentando sua carteira de identidade com a insígnia "judeu" ou "judia". Mudanças de domicílio deveriam ser declaradas à delegacia de polícia em vinte e quatro horas; e estava proibido, a partir de então, o deslocamento para fora da região do Sena.

Desde 1º de dezembro, os alemães prescreveram um toque de recolher no *XIIIe arrondissement*. Não se podia entrar lá depois de seis horas da tarde. As estações de metrô do bairro foram fechadas e, entre elas, a estação Simplon, exatamente onde moravam Ernesto e Cecília Bruder. Houve um atentado a bomba na rua Championnet, bem perto do seu hotel.

O toque de recolher no *XVIIIe arrondissement* durou três dias. Quando o suspenderam, os alemães ordenaram um outro no *X^e arrondissement*, depois que desconhecidos desfecharam tiros de revólver num oficial das autoridades da Ocupação, bulevar Magenta. Depois foi o toque de recolher geral, de 8 a 14 de dezembro – o domingo da fuga de Dora.

Em volta do pensionato do Sagrado Coração de Maria, a cidade tinha se transformado numa prisão escura, cujos quarteirões iam se apagando um após o outro. Enquanto Dora estava atrás dos altos muros do 60 e 62 da rua Picpus, seus pais ficaram confinados no quarto de hotel.

Seu pai não a declarou como "judia" em outubro de 1940, e ela não tinha "número de processo". Mas a ordem relativa ao controle dos judeus, afixada pela Chefatura de Polícia em 10 de dezembro, especificava que "as mudanças ocorridas no meio familiar deverão ser notificadas". Certamente, seu pai não teve tempo nem vontade de inscrevê-la num fichário, antes de sua fuga. Ele pensava que a Chefatura de Polícia não desconfiaria nunca da sua existência no Sagrado Coração de Maria.

O que nos faz decidir a empreender uma fuga? Lembro-me da minha, em 18 de janeiro de 1960, numa época em que não havia o horror de dezembro de 1941. Na estrada pela qual fugia, ao longo dos galpões do aeródromo de Villacoublay, o único ponto em comum com a fuga de Dora era a estação, o inverno. Inverno tranquilo, de rotina, sem nenhum ponto de comparação com aquele de 18 anos antes. Mas parece que o que nos impulsiona de uma hora para outra a uma fuga é um dia frio e cinzento, que aumenta nossa solidão, que nos faz sentir com mais força que algo vai explodir.

O domingo 14 de dezembro foi o primeiro dia sem toque de recolher, imposto há quase uma semana. Assim, era possível circular nas ruas depois das seis horas da tarde. Mas, como se obedecia à hora alemã, escurecia ainda de tarde.

Em que momento do dia as Irmãs da Misericórdia terão se dado conta do desaparecimento de Dora? À noite, certamente. Talvez, depois das orações na capela, quando as internas já tivessem subido para os quartos. Suponho que a madre superiora tenha procurado rapidamente os pais de Dora, para saber se ela tinha ficado com eles. Ela sabia que Dora e seus pais eram judeus? Está escrito na sua nota biográfica: "Numerosas crianças de origem judia, perseguidas, encontraram refúgio no Sagrado Coração de Maria, graças à ação piedosa e audaciosa da irmã Marie-Jean-Baptiste. Ajudada pela atitude discreta e não menos corajosa de suas irmãs, ela não recuou diante de nenhum risco."

Mas o caso de Dora era diferente. Ela entrou no Sagrado Coração de Maria em maio de 1940, quando ainda não haviam começado as perseguições. Ela não entrou no censo de outubro de 1940. E foi somente em julho de 1942, depois das prisões em massa, que as instituições religiosas começaram a esconder crianças judias. Dora passou um ano e meio no Sagrado Coração de Maria. Certamente ela seria a única aluna judia do pensionato. As irmãs e suas colegas sabiam disso?

Debaixo do hotel do bulevar Ornano 41, o bar Marchal tinha um telefone: Montmartre 4474, mas ignoro se este bar se comunicava com o edifício, e se Marchal seria, também, dono do hotel. O pensionato do Sagrado Coração de Maria não constava no anuário da época. Encontrei um outro endereço das irmãs das Escolas Cristãs da Misericórdia que, em 1942, devia ser um anexo do pensionato: rua Saint-

Maur 64. Dora o frequentaria? Não tinha, tampouco, número de telefone.

Como podemos saber? A superiora esperou, talvez, até segunda de manhã para chamar Marchal ou para, quem sabe, enviar uma irmã ao bulevar Ornano 41. A menos que Cecília e Ernesto Bruder tivessem ido até o pensionato.

Seria bom saber se o dia estava bonito nesse 14 de dezembro, dia da fuga de Dora. Talvez um desses domingos calmos e ensolarados de inverno, quando experimentamos um sentimento de férias e de eternidade – o sentimento ilusório de que o curso do tempo está suspenso, e de que basta se deixar escorregar por aquela brecha para escapar ao cerco que irá se fechar sobre você.

Durante muito tempo, não soube nada de Dora Bruder, depois da fuga de 14 de dezembro, e do anúncio de busca publicado no *Paris-Soir*. Soube que ela foi internada no campo de Drancy, oito meses depois, em 13 de agosto de 1942. Na ficha estava escrito que ela vinha do campo de Tourelles. Em 13 de agosto de 1942, de fato, trezentos judeus foram transferidos do campo de Tourelles ao de Drancy.

A prisão, o "campo", ou melhor, o centro de internamento de Tourelles ocupava o lugar de um antigo quartel de infantaria colonial, o quartel de Tourelles, no bulevar Mortier 141, na entrada de Lilas. Foi aberto em outubro de 1940, com o intuito de que lá fossem internados judeus estrangeiros em situação "irregular". Mas a partir de 1941, quando os homens passaram a ser enviados diretamente para Drancy, ou para os campos de Loiret, apenas as mulheres judias que desobedecessem às ordens alemãs seriam internadas em Tourelles, junto com comunistas e presos comuns.

Em que momento, e por quais motivos, Dora Bruder foi enviada ao campo de Tourelles? Perguntava-me se existiriam algum documento, alguma pista, que pudessem dar a resposta. Só posso me basear em suposições. Ela foi, provavelmente, detida na rua. Em fevereiro de 1942 – dois meses se haviam passado da sua fuga – os alemães promulgaram um decreto que proibia os judeus de Paris de saírem de casa depois das vinte horas, e de mudarem de endereço. O controle nas ruas se tornou, então, mais severo do que nos meses precedentes. Acabei me convencendo de que foi neste glacial e lúgubre mês de fevereiro, quando a Polícia de Assuntos Judaicos organizou emboscadas em diversos lugares – nos corredores do metrô, nas portas de cinema, nas saídas de teatros – que Dora foi presa. Acho espantoso que uma moça de 16 anos, de cujo desaparecimento a polícia sabe desde dezembro, e de quem possui, além disso, a descrição, possa escapar das buscas durante todo esse tempo. A menos que tenha encontrado algum esconderijo. Mas qual, no inverno parisiense de 1941-1942, que foi o mais terrível inverno da Ocupação? Desde o mês de novembro havia tempestades de neve, a temperatura tinha caído a menos de quinze graus, em janeiro, a água gelou, houve regelo, em fevereiro de novo muita neve. Onde ela se esconderia? E como sobreviveria em Paris?

Provavelmente Dora foi detida em fevereiro, em alguma emboscada que "eles" organizaram. "Eles": talvez apenas agentes de polícia, ou inspetores da Brigada dos Menores ou da Polícia de Assuntos Judaicos fazendo um controle de documentos em local público... Num livro de memórias, li que as jovens de 18 ou 19 anos foram enviadas ao Tourelles por terem cometido pequenas infrações "às ordens alemãs", e que algumas tinham apenas 16 anos, a mesma idade de Dora... Neste mês de fevereiro, na noite em que entrou em vigor o decreto alemão, meu pai foi preso numa blitz, nos Champs-Elysées. Dois inspetores da Polícia de Assuntos Judaicos bloquearam o acesso a um restaurante da rua Marignan, onde ele jantava com uma amiga. Pediram documentos a todos os clientes. Meu pai não levava os seus e foi preso. No camburão que o levaria dos Champs-Elysées à rua Greffulhe, sede da Polícia de Assuntos Judaicos, ele notou, embora estivesse muito escuro, uma jovem que teria seus 18 anos. Perdeu-a de vista quando teve que subir até o andar onde ficavam o escritório de polícia e o escritório do chefe, um tal de comissário Schweblin. Depois conseguiu fugir, se aproveitando de um interruptor de luz danificado, no momento em que descia as escadas e iam levá-lo para a carceragem.

Meu pai apenas mencionou a jovem, na única vez em que me contou sobre esse infortúnio, numa noite de junho de 1963, quando jantávamos num restaurante dos Champs-Elysées. Este ficava quase em frente àquele onde ele fora preso, vinte anos antes. Não chegou a me dar nenhum detalhe sobre a aparência da moça, de suas roupas, e me esqueci da história, até o dia em que soube da existência de Dora Bruder. Então, me veio à memória essa moça, sentada com meu pai, no meio de outros desconhecidos num camburão, numa noite de fevereiro, e imediatamente me perguntei se ela não seria Dora Bruder, presa na mesma época, antes que fosse enviada para o Tourelles.

Talvez eu desejasse que ela e meu pai se tivessem conhecido nesse inverno de 1942. Por mais diferentes que fossem um e outro, ambos tinham sido reprovados naquele inverno. Meu pai também não se recenseou em outubro de 1940, e, como Dora Bruder, não usava o número do "processo judeu". Assim, não possuía existência legal nenhuma, e tinha cortado todas as amarras com um mundo onde era preciso que cada um tivesse um trabalho, uma família, uma nacionalidade, uma data de nascimento, um domicílio. De agora em diante, ele estava fora. Um pouco como Dora, depois da fuga.

Tentei refletir sobre a diferença dos dois destinos. Não havia muitos recursos para uma jovem de 16 anos, entregue a si mesma em Paris, no inverno de 1942, depois de ter fugido de um pensionato. Aos olhos da polícia e das autoridades da época, ela estava em situação duplamente irregular: ao mesmo tempo judia e menor procurada.

Para meu pai, que tinha 12 anos a mais que Dora Bruder, o caminho estava traçado: já que fizeram dele um fora da lei, ele seguiria esta inclinação pela força dos acontecimentos. Viveu de biscates em Paris, perdendo-se no submundo do mercado negro.

Há um tempo, soube que esta jovem do camburão não podia ser Dora Bruder. Tentei encontrar seu nome consultando uma lista de mulheres que foram internadas no campo de Tourelles. Duas delas, com idades de 20 e 21 anos, judias polonesas, entraram no Tourelles em 18 e 19 de fevereiro de 1942. Elas se chamavam Syma Berger e Fredel Traister. As datas coincidem, mas qual era qual? Após uma passagem pela prisão, os homens foram mandados para o campo de Drancy, as mulheres ao de Tourelles. Pode ser que esta desconhecida tivesse escapado, como meu pai, da sorte comum que lhe fora reservada. Imagino que ela permanecerá anônima, ela e as outras sombras que, naquela noite, foram presas. A Polícia de Assuntos Judaicos destruiu seus fichários, todos os processos verbais de interpelação durante as prisões, ou da época das prisões individuais nas ruas. Se eu não estivesse tomando notas, não haveria mais nenhum traço da presença dessa desconhecida, e do meu pai, num camburão em fevereiro de 1942, nos Champs-Elysées. Apenas pessoas – mortas ou vivas – que classificamos na categoria de "indivíduos não identificados".

Vinte anos mais tarde, minha mãe representava uma peça no teatro Michel. Muitas vezes eu a esperava no bar do final da rua Mathurins com a rua Greffulhe. Eu não sabia ainda que meu pai tinha arriscado sua vida por ali, e que eu retornava a uma região que já tinha sido um verdadeiro covil. Nós íamos jantar em um restaurante da rua Greffulhe – talvez embaixo do prédio da Polícia de Assuntos Judaicos, onde tinham levado meu pai ao escritório do comissário Schweblin. Nos campos de Drancy e de Pithiviers, seus homens se entregavam às pilhagens, antes de cada partida dos internos para Auschwitz:

"O Sr. Schweblin, chefe da Polícia de Assuntos Judaicos, chegava ao campo acompanhado de cinco ou seis ajudantes que ele chamava de 'ajudantes de polícia', revelando apenas a própria identidade. Estes policiais à paisana usavam um cinto onde, de um lado havia um revólver e, do outro, um cassetete.

Depois de acomodar seus ajudantes, o Sr. Schweblin deixava o campo para voltar à noite apenas, com a intenção de pegar o produto da pilhagem. Cada um dos ajudantes se instalava numa barraca com uma mesa e um recipiente de cada lado, um recebendo o dinheiro, o outro, as joias. Os internos desfilavam, então, diante do grupo que procedia a uma revista minuciosa e aviltante. Sempre recebendo pancadas, eles deviam baixar as calças, e recebiam grandes pontapés, com as reflexões: 'ainda querem mais cacetadas?' Os bolsos interiores e exteriores eram sempre rasgados com brutalidade, sob pretexto de acelerar a revista. Eu não falarei da revista das mulheres, quando lhes manuseavam as partes íntimas.

No final da revista, dinheiro e joias eram embalados a vácuo em malas amarradas com barbante, soldadas, depois colocadas no automóvel do Sr. Schweblin. Este procedimento de soldagem não tinha nada de sério, já que a solda ficava na mão dos policiais. Eles podiam guardar para si as cédulas de dinheiro, as joias. Era sem nenhum pudor que tiravam dos bolsos joias de valor gritando: 'Vejam, isto não é ouro falso!' ou um maço de cédulas de 1.000, ou 500 francos, e diziam 'aqui está, esqueci isto aqui'. Havia uma vistoria também nas barracas, para visitar os dormitórios; cobertores, edredons, travesseiros eram rasgados e destruídos. De todas as investigações feitas pela Polícia de Assuntos Judaicos, não sobrou nenhuma pista!"*

A equipe da revista era composta por sete homens – sempre os mesmos. E uma mulher. Não sabemos os seus nomes.

---

* De acordo com um relatório administrativo redigido em novembro de 1943 por um responsável do serviço da Perception de Pithiviers.

Eram jovens à época, e alguns deles podem estar vivos até hoje. Mas não poderíamos reconhecer os seus rostos.

Schweblin desapareceu em 1943. Os alemães teriam se livrado dele. No entanto, quando meu pai me falou de sua passagem pelo escritório desse homem, disse que achou que o havia reconhecido na entrada de Maillot, num domingo após a guerra.

Os camburões não mudaram muito até o início dos anos 1960. A única vez na minha vida em que eu me vi num deles foi em companhia de meu pai, e eu não falaria disso agora, se essa peripécia não tivesse adquirido para mim um caráter simbólico.

Foi em circunstâncias absolutamente banais. Eu tinha 18 anos, era menor ainda. Meus pais tinham se separado, mas moravam no mesmo prédio, meu pai com uma mulher de cabelos oxigenados, muito nervosa, uma espécie de falsa Mylène Demongeot. E eu com minha mãe. Começou uma discussão entre meu pai e minha mãe no hall do edifício, naquele dia, relacionada à pensão muito modesta que meu pai devia lhe dar para meu sustento, por uma decisão da justiça, ao fim de um processo por etapas: Tribunal de Grande Instância do Sena. 1ª Câmara Suplementar do Supremo Tribunal. Minha mãe queria que eu batesse à sua porta e reclamasse o dinheiro que ele não tinha depositado.

Infelizmente, nós não tínhamos outra fonte de renda para viver. Fiz a contragosto o que ela pediu. Toquei a campainha com a intenção de lhe falar gentilmente, inclusive desculpando-me pelo ocorrido. Ele me bateu a porta no nariz; escutei a falsa Mylène Demongeot gritar e telefonar à polícia, dizendo que um "moleque estava fazendo escândalo".

Depois uns guardas vieram me buscar, na casa da minha mãe, e eu subi com meu pai num camburão que estava parado em frente do edifício. Ficamos sentados um em frente ao outro nos bancos de madeira, cada um escoltado por dois guardas. Pensei então que, se era a primeira vez para mim que eu passava por tal experiência, meu pai já conhecera isso havia vinte anos. Naquela noite de fevereiro de 1942, ele foi enviado pelos inspetores da Polícia de Assuntos Judaicos num camburão muito parecido com esse em que estávamos nesse momento. Eu me perguntava se ele também pensaria nisso. Mas ele me ignorava e evitava meu olhar.

Lembro-me perfeitamente do trajeto. O cais. Depois, a rua de Saints-Pères. O bulevar Saint-Germain. A parada no sinal vermelho, na altura do terraço do Deux-Magots. Atrás da janela de grades de ferro, eu via os clientes sentados no terraço ao sol e os invejava. Mas eu não corria grande risco: felizmente, estávamos numa época inofensiva, uma época que mais tarde seria chamada de "Os Trinta Gloriosos".

No entanto, fiquei espantado com o comportamento do meu pai. Tendo vivido o que ele viveu durante a Ocupação, não opôs nenhuma restrição a que eu fosse levado num camburão. Lá estava ele, sentado à minha frente, impassível, vagamente desgostoso, ignorando-me como se eu fosse portador de uma doença contagiosa. De minha parte, eu temia o encontro com o delegado, não esperando nenhuma compaixão de sua parte. E aquilo ainda me parecia mais injusto porque eu tinha começado um livro – meu primeiro livro – onde eu falava da sua infeliz experiência no período da Ocupação. Tinha descoberto, em sua biblioteca, há alguns anos, obras de autores antissemitas que surgiram nos anos 1940 e que ele comprou nessa época, certamente para tentar compreender o que eles tanto lhe censuravam. E imagino o quanto ele deve ter ficado surpreso com a descrição desse monstro imaginário, fantasmagórico, cuja sombra ameaçante deslizava pelas paredes, com seu nariz em forma de gancho e suas mãos de rapina, esta criatura podre de tantos vícios, responsável por todos os males e culpada de todos os crimes. Eu gostaria de conseguir, em meu primeiro livro, responder a todas essas pessoas cujos insultos me feriram por causa de meu pai. E, no terreno da prosa francesa, dar uma boa resposta, de uma vez por todas. Hoje em dia sei perfeitamente da ingenuidade do projeto: a grande maioria desses autores desapareceram, foram fuzilados, exilados, estão caducos, ou morreram de velhos. Sim, infelizmente eu chegava tarde.

O camburão parou na rua de l'Abbaye, diante da delegacia do bairro de Saint-Germain-des-Près. Os guardas nos levaram ao escritório do delegado de polícia. Meu pai lhe explicou, com uma voz seca, que eu era um "moleque", que fazia "escândalo na sua casa" desde os 17 anos. O delegado disse que "da próxima vez, iria até lá me prender" com o tom de quem fala a um delinquente. Percebi que meu pai não levantaria um dedo se esse delegado de polícia executasse sua ameaça e me prendesse.

Meu pai e eu saímos da delegacia. Perguntei-lhe se tinha havido necessidade de chamar a polícia e de ter me "carregado" diante dos policiais. Não me respondeu. Não quis mais saber dele. Como morávamos no mesmo edifício, seguimos nosso caminho em silêncio, lado a lado. Falhei por não lhe evocar a noite de fevereiro de 1942, quando o puseram num camburão também, e por não lhe perguntar se não teria se lembrado dela há pouco. Mas talvez tudo aquilo tivesse menos importância para ele do que para mim.

Não trocamos uma só palavra durante todo o trajeto nem na escada, até nos separarmos. Ainda o revi duas ou três vezes no ano seguinte, em outubro, quando ele roubou meus papéis militares para forçar-me a me alistar no quartel de Reuilly. Depois, não o vi mais.

Eu me pergunto o que fez Dora Bruder em 14 de dezembro de 1941, nos primeiros momentos da fuga. Talvez tenha decidido não voltar mais ao pensionato, no instante mesmo em que atravessou o portão, e tenha vagado durante todo o dia pelo bairro, até a hora do toque de recolher.

Bairro cujas ruas ainda possuem nomes campestres: os Moleiros, a Brecha dos Lobos, o Caminho das Cerejeiras.

Mas, ao final da pequena rua sombreada de árvores que acompanha o Sagrado Coração de Maria, está a estação de mercadorias, e, mais adiante, seguindo pela avenida Daumesnil, a estação de Lyon. As vias férreas desta passam a algumas centenas de metros do pensionato, onde estava confinada Dora Bruder. Este bairro aprazível, que parece ficar fora da cidade, com seus conventos, seus cemitérios secretos, suas avenidas silenciosas, é também o bairro de onde se parte para as outras estações.

Não sei se a proximidade da estação de Lyon encorajou Dora a fugir. Não sei se ela escutaria, no dormitório, durante as noites de blecaute, o barulho dos trens de carga, ou dos que partiam da estação de Lyon para a zona livre... Certamente ela conhecia estas duas palavras mentirosas: zona livre.

No romance que escrevi, sem saber quase nada de Dora Bruder, mas para que a sua lembrança se mantivesse acesa, a moça de sua idade que chamei de Ingrid refugia-se, com um amigo, na zona livre. Pensei em Bella D. que, também aos 15 anos, vindo de Paris, ultrapassou, fraudando as autoridades, a linha de demarcação, e foi levada a uma prisão em Toulouse; em Anne B., que foi presa aos 18 anos, sem salvo-conduto, na estação de Chalon-sur-Saône, sendo condenada a doze semanas de prisão... Elas me contaram tudo isso, nos anos 1960.

Dora Bruder preparou sua fuga com antecedência, com a cumplicidade de algum amigo ou amiga? Ficou em Paris, ou tentou passar para a zona livre?

À mão, o delegado de polícia do bairro de Clignancourt escreveu estas anotações, no dia 27 de dezembro de 1941, nas colunas: *Datas e direção – Estado Civil – Resumo do processo:*

"27 de dezembro de 1941. Bruder Dora, nascida em 25/2/26 em Paris 12º, residindo no bulevar Ornano nº 41. Interrogatório Bruder, Ernesto, 42 anos, pai."

Na margem, estão escritos os seguintes números, que não posso saber a que correspondem: 7029 21 / 12.

A delegacia de polícia do bairro de Clignancourt ocupava o nº 12 da rua Lambert, atrás da Butte Montmartre, e seu delegado chamava-se Siri. Mas é provável que Ernesto Bruder tenha ido ao delegado de polícia do seu *arrondissement*, na rua Mont-Cenis 74, ao lado da prefeitura, que também servia de correio à delegacia de Clignancourt: ficava mais perto de seu domicílio. O delegado chamava-se Cornec.

Dora havia fugido treze dias antes, e Ernesto Bruder esperou até esse momento para ir à delegacia registrar seu desaparecimento. Podemos imaginar a angústia e as hesitações por que terá passado durante esses treze longos dias. Ele não tinha declarado Dora no censo de outubro de 1940, naquela delegacia, e havia o perigo de que os policiais descobrissem. Ao tentar localizá-la, ele despertava a atenção sobre ela.

Os autos do interrogatório de Ernesto Bruder não foram encontrados nos arquivos da Prefeitura de polícia. Certamente esse tipo de documento era destruído nas delegacias quando prescrevia. Alguns anos depois da guerra, outros arquivos das delegacias de polícia foram destruídos, como os registros especiais abertos em junho de 1942, na semana em que os judeus receberam as três estrelas amarelas por pessoa, a partir dos 6 anos de idade. Esses registros continham a identidade do judeu, seu número da carteira de identidade, seu domicílio, e uma coluna à margem, reservada para sua assinatura, após ter recebido as estrelas. Mais de cinquenta registros foram abertos dessa forma nas delegacias de polícia de Paris e dos subúrbios de Paris.

Jamais saberemos que perguntas foram feitas a Ernesto Bruder sobre sua filha e sobre ele mesmo. Talvez o interrogatório tenha sido feito por um funcionário da polícia que via o trabalho como de rotina, como antes da guerra, e que não fez nenhuma diferença entre Ernesto Bruder, sua filha, e um francês qualquer. Sim, certamente o homem era "ex-austríaco", morava em hotel e não tinha profissão. Mas sua filha tinha nascido em Paris e possuía nacionalidade francesa. Uma fuga de adolescente. Isso ocorria cada vez com mais frequência, naquela época confusa. Quem teria aconselhado Ernesto Bruder a colocar um anúncio no *Paris-Soir*, considerando que já se tinham passado duas semanas do desaparecimento de Dora, o próprio policial? Ou talvez algum empregado do jornal, encarregado de "cães atropelados" e da ronda nas delegacias, tenha colocado ao acaso este anúncio de busca, no meio de tantos outros acidentes do dia, para a sessão "De ontem a hoje"?

Lembro-me da forte emoção que experimentei ao fugir em janeiro de 1960 — tão forte que acho que até hoje não conheci nada igual. Era como a embriaguez de arrebentar, de uma só vez, todas as amarras: ruptura brutal e voluntária com a disciplina imposta, o pensionato, os professores, os colegas de classe. De agora em diante, você não tem mais nada a ver com essas pessoas; ruptura com os pais, que não o souberam amar, e de quem você diz que não pode esperar nenhuma ajuda; sentimentos de revolta e de solidão levados ao extremo, que interceptam nossa respiração, colocando-nos num estado de levitação. Sem dúvida, uma das raras ocasiões de minha vida em que fui eu mesmo, em que caminhei com meus próprios pés.

Esse êxtase não pode durar muito. Não tem futuro. Rapidamente, o ânimo desfalece.

A fuga – ao que parece – é um grito de socorro, e quase sempre uma forma de suicídio. Assim mesmo, temos a sensação de um breve sentimento de eternidade. Não apenas rompemos as amarras com o mundo, mas também com o tempo. E pode acontecer que, em um fim de tarde qualquer, o céu fique de um azul tênue, e que nada nos pese mais em demasia. Os ponteiros do relógio do jardim das Tuileries parecem estar parados para sempre. Uma formiga não cessa de atravessar a mancha de sol.

Penso em Dora Bruder. Digo a mim mesmo que sua fuga não era tão simples como a que vivi, vinte anos mais tarde, num mundo que se tornara inofensivo. Esta cidade de dezembro de 1941, com seu toque de recolher, seus soldados, sua polícia, tudo lhe era hostil e queria destruí-la. Aos 16 anos, o mundo todo estava contra ela, sem que ela soubesse por quê.

Outros rebeldes, na Paris desses anos, sentindo a mesma solidão de Dora Bruder, lançaram granadas contra os alemães, nos seus comboios, e nos lugares de reunião. Eles tinham a mesma idade que ela. Os rostos de alguns deles estavam estampados no Affiche Rouge, e não posso me impedir de relacioná-los com Dora, em pensamento.

No verão de 1941, um dos filmes produzidos após o início da Ocupação foi exibido na Normandia, e, depois, nas salas de cinema do bairro. Era uma comédia leve: *Premier rendez-vous*. A última vez que o vi, ele me causou uma estranha impressão, que não se justificava pelo enredo, superficial, ou pelo tom ameno dos protagonistas. Dizia para mim mesmo que talvez Dora Bruder tivesse assistido, num domingo, a uma sessão desse filme, cujo tema é a fuga de uma moça de sua idade. Ela foge de um pensionato como o Sagrado Coração de Maria. No curso dessa fuga, ela encontra o seu príncipe encantado, como nas histórias de fadas e nos romances.

Esse filme apresentava a versão rosa, inofensiva, do que aconteceu com Dora na vida real. Ele teria influenciado Dora, na sua decisão de fugir? Concentro minha atenção nos detalhes: o dormitório, os corredores do internato, o uniforme das internas, o bar onde a heroína espera o anoitecer... Não consegui encontrar nada que pudesse corresponder à realidade, e, além disso, a maior parte das cenas foram rodadas em estúdio. No entanto, experimentei um estranho mal-estar. Ele vinha de certa luminosidade particular do filme, da própria película. Um véu parecia cobrir todas as imagens, acentuava os contrastes, apagando-os, às vezes, numa brancura boreal. A luz estava ao mesmo tempo muito clara e muito escura, sufocando as vozes, ou tornando seu timbre mais forte e inquietante.

Compreendi, de repente, que este filme estava impregnado dos olhares dos espectadores do tempo da Ocupação – espectadores de todos os tipos, dos quais um grande número não sobreviveu à guerra. Foram mandados ao desconhecido, após terem visto o filme, em algum sábado à noite que terá sido uma espécie de trégua para eles. Esquecemos, durante o tempo de uma sessão, a guerra e as ameaças de fora. Na escuridão de uma sala de cinema, estamos comprimidos uns contra os outros, seguindo a sequência de imagens na tela, e mais nada pode acontecer. E todos esses olhares, por uma espécie de processo químico, modificaram a própria substância da película, a luz, a voz dos atores. Eis o que senti, pensando em Dora Bruder, diante das imagens aparentemente banais de *Premier rendez-vous*.

Ernesto Bruder foi preso no dia 19 de março de 1942, ou melhor, internado no campo de Drancy nesse dia. Sobre os motivos e as circunstâncias de sua prisão não encontrei nenhuma pista. No fichário dito "familiar", utilizado pela Chefatura de Polícia, e onde havia uma relação de algumas informações relativas a cada judeu, estava anotado:

"Bruder Ernesto
21.5.99 – Viena
nº do processo judeu: 49091
Profissão: Sem
Mutilado de guerra 100%. 2ª classe legionário francês, com sequelas de gás venenoso; tuberculose pulmonar.
Registro central E56404"

Mais embaixo, a ficha tem uma inscrição e um carimbo: "Encontra-se no campo de Drancy."

Ernesto Bruder, na qualidade de judeu "ex-austríaco", pode ter sido levado nas prisões de outubro de 1941, quando os policiais franceses, acompanhados de militares alemães, bloquearam o *XIe arrondissement*, em 20 de outubro. A seguir, interpelaram judeus estrangeiros nas ruas de outros *arrondissements*, entre eles o *XVIIIe*. Ele poderia ter escapado da prisão apenas com sua carteira de antigo legionário francês, de 2ª classe? Duvido um pouco.

Sua ficha indica que ele era "procurado". Mas a partir de quando? E por quais motivos? Se ele fosse já "procurado" no 27 de dezembro de 1941, dia em que registrou o desaparecimento de Dora na delegacia do bairro de Clignancourt, os policiais não teriam deixado que partisse. Terá sido nesse dia que ele chamou a atenção sobre si?

Um pai tenta encontrar a filha, registra seu desaparecimento numa delegacia, e um anúncio é publicado no jornal da noite. Mas esse pai é "procurado" também. Os pais perdem a pista do filho, e um deles vai desaparecer também, nesse 19 de março, como se o inverno daquele ano separasse as pessoas, destruísse e queimasse as pistas, a ponto de lançar uma dúvida sobre a sua existência. E não há nada que possa ser feito. Os mesmos que são encarregados de o procurar e encontrar fazem fichas para que seja mais fácil fazer com que você desapareça depois, definitivamente.

Não sei se Dora Bruder soube logo da detenção de seu pai. Mas acho que não. Em março, ela ainda não tinha voltado para o bulevar Ornano 41, desde a fuga de dezembro. Ao menos é o que sugerem algumas pistas a seu respeito, que se encontram nos arquivos da Chefatura de Polícia.

Passados mais de sessenta anos, estes arquivos vão pouco a pouco mostrando os seus segredos. A Chefatura de Polícia da Ocupação é, hoje em dia, apenas um grande quartel espectral à margem do Sena. Ela surge aos nossos olhos, quando evocamos o passado, um pouco como a casa Usher. Hoje em dia é difícil acreditar que esse edifício, cuja fachada está sempre em nosso caminho, não tenha se modificado desde os anos 1940. Preferimos acreditar que não são mais as mesmas pedras, os mesmos corredores.

Há muito tempo que já estão mortos os delegados de polícia e inspetores que participaram da perseguição aos judeus, e cujos nomes ressoam com um eco lúgubre e exalam um cheiro de couro podre e tabaco frio: Permilleux, François, Schweblin, Koerperich, Cougoule... Mortos ou tolhidos devido à velhice, os guardas, os que eram chamados de "agentes captores" e que escreviam o nome nos autos de cada pessoa que detinham, na hora da prisão. Todas essas dezenas de milhares de autos foram destruídos e nunca saberemos os nomes dos "agentes captores". Mas nos arquivos restam centenas e centenas de cartas endereçadas ao chefe de polícia da época, cartas a que ele nunca respondeu. Ficaram lá durante mais de meio século, como sacos de correio esquecidos no fundo de um longínquo galpão do Aeropostal. Hoje em dia podemos lê-las. Aqueles a quem elas foram endereçadas não se importaram com elas, e agora somos nós, que não éramos nascidos naquela época, os destinatários e guardiões:

"Sr. Chefe de Polícia
Tenho a honra de lhe rogar sua atenção para o meu pedido. Trata-se do meu sobrinho Albert Graudens, de nacionalidade francesa, 16 anos, internado..."

"Senhor Diretor do Serviço dos Judeus
Solicito que, com sua extrema boa vontade, possa libertar do campo de Drancy minha filha Nelly Traumann..."

"Senhor Chefe de Polícia
Em honra ao meu esposo Zelik Pergricht, rogo-lhe que me dê notícias a seu respeito, e algumas informações..."

"Senhor Chefe de Polícia
Tenho a honra de apelar à sua enorme benevolência e generosidade para lhe pedir informações sobre minha filha, Sra. Jacques Lévy, nascida Violette Joël, presa em 10 de setembro passado, quando tentava ultrapassar a linha de demarcação, sem usar o distintivo da estrela. Estava acompanhada de seu filho, Jean Lévy, de 8 anos e meio..."

Transmitido ao Chefe de Polícia:
"Solicito sua enorme benevolência para a libertação de meu neto Michaël Rubin, 3 anos, francês, de mãe francesa, internado em Drancy com sua mãe..."

"Senhor Chefe
Serei eternamente grato ao senhor se puder examinar o caso que lhe apresento: meus pais, já muito velhos e doentes, acabam de ser presos como judeus, e nós ficamos sozinhas, minha irmã pequena, Marie Grosman, 15 anos e meio, judia francesa, portadora da carteira de identidade francesa nº 1594936 série B, e eu mesma, Jean-

nette Grosman, também judia francesa, 19 anos, portadora da carteira de identidade francesa nº 924247, série B..."

"Senhor Diretor,
Perdoe o meu atrevimento de dirigir-me ao senhor, mas veja o meu caso: em 16 de julho de 1942, às 4 h da manhã, vieram à minha casa para levar meu marido e, como minha filha estava chorando, também a levaram.
    Chama-se Paulette Gothelf, tem 14 anos e meio, nascida em 19 de novembro de 1927, em Paris, no *XIIe arrondissement*, e ela é francesa..."

Em 17 de abril de 1942, escrito à mão pelo delegado de polícia de Clignancourt, há esta inscrição sobre as colunas habituais: *Datas e direção – Estados civis – Resumo do processo:*

"17 abril de 1942. 2098 15/24. P. Menores. Processo Dora Bruder, idade 16 anos, desaparecida, série PV 1917, retornou ao domicílio materno."

Não sei a que se referem os números 2098 e 15/24. "P. Menores", isso deve ser "Proteção dos Menores". Os autos do processo 1917 continham, provavelmente, o depoimento de Ernesto Bruder, e as perguntas relativas a Dora Bruder e a ele próprio que lhe foram feitas em 27 de dezembro de 1941. Nenhuma outra pista desses autos do processo 1917 nos arquivos.

Apenas três linhas sobre o assunto do "processo Bruder Dora". As anotações que se seguem, manuscritas, de 17 de abril, referem-se a outros "processos":

"Gaul Georgette Paulette, 30.7.23, nascida em Pantin, Seine, de Georges e de Pelz Rose, celibatária, residente em hotel na rua Pigalle. Prostituição.
Germaine Mauraire, 9.10.21, nascida em Entre-Deux-Eaux (Vosges). Residente em hotel. 1 relatório P.M. J.-R. Cretet. IXe arrondissement."

Assim se sucedem, na caligrafia dos delegados de polícia da Ocupação, prostitutas, cachorros perdidos, crianças abandonadas. E – como Dora – adolescentes desaparecidos e culpados do delito de vagabundagem.

Aparentemente, a questão não era nunca ser "judeu". E, no entanto, eles passaram nessas delegacias antes de serem levados para a prisão e depois para Drancy. E a curta frase: "retornou ao domicílio materno" supõe que eles sabiam, no posto de polícia do bairro de Clignancourt, que o pai de Dora tinha sido preso no mês anterior.

Não há nenhum vestígio dela entre 14 de dezembro de 1941, dia de sua fuga, e 17 de abril de 1942 quando, segundo as informações manuscritas, ela voltou ao domicílio materno, quer dizer, ao quarto de hotel do bulevar Ornano 41. Durante esses quatro meses, não sabemos onde estava Dora Bruder, o que ela fazia, quem estava com ela. E ignoramos também em que circunstâncias Dora retornou ao "domicílio familiar". Por sua própria iniciativa, depois de ter sabido da prisão de seu pai? Ou então, depois de ter sido apanhada na rua, já que um anúncio de busca tinha sido divulgado sobre ela, na Brigada dos Menores? Até esse dia, não achei nenhum indício, nenhuma testemunha que pudesse me esclarecer sobre esses quatro meses de ausência que ficam para nós como um branco em sua vida.

A única forma de não se perder inteiramente Dora Bruder ao longo desse período será reconstituindo as mudanças de temperatura. A neve caiu pela primeira vez em 4 de novembro de 1941. O inverno começou com um frio seco, em 22 de dezembro. Em 29 de dezembro, a temperatura caiu ainda mais, e os vidros das janelas ficaram cobertos com uma fina capa de gelo. A partir de 13 de janeiro, o frio tornou-se siberiano. A água gelou. Isso chegou a durar cerca de quatro semanas. Em 12 de fevereiro houve um pouco de sol, como um anúncio tímido de primavera. Uma capa de neve, que se tornou cinzenta sob as pisadas dos passantes, transformou-se em lama, cobrindo as calçadas. Foi na noite desse 12 de fevereiro que a Polícia dos Assuntos Judaicos prendeu meu pai. Em 22 de fevereiro, novamente caiu neve. Em 25 de fevereiro, mais neve, abundante. Em 3 de março, depois das nove da noite, o primeiro bombardeio nos subúrbios de Paris. Em Paris, os vidros das janelas estremeceram. Em 13 de março, as sirenes dispararam em pleno dia, em sinal de alerta. Os passageiros do metrô ficaram presos durante duas horas e saíram pelo túnel. Um outro sinal de alerta, à noite, às dez horas. Em 15 de março, um lindo dia de sol. Em 28 de março, às dez horas da noite, um bombardeio longínquo, que dura em torno de um minuto. Em 2 de abril, um sinal de alerta, por volta das quatro da manhã, e um bombardeio violento até às seis. De novo um bombardeio a partir das onze da noite. Em 4 de abril, os botões se abriam em meio à folhagem dos castanheiros. Em 5 de abril, durante a noite, cai uma tempestade de primavera com chuva de granizo, depois se forma um arco-íris. Não esquecer: amanhã depois do almoço, encontro no terraço dos Gobelins.

Consegui, há alguns meses, mais uma foto de Dora Bruder, que sobressai às outras que eu tinha. Sem dúvida, sua última foto. Seu rosto e sua aparência não têm mais nada da infância que, em todas as outras, se pode adivinhar pelo olhar, a redondez dos joelhos, o vestido branco de um dia de distribuição de prêmios... Não sei a data da foto. Certamente 1941, o ano em que Dora foi internada no pensionato do Sagrado Coração de Maria, ou então, no início da primavera de 1942, quando ela voltou ao bulevar Ornano, depois da fuga de dezembro.

 Ela está em companhia de sua mãe e de sua avó materna. As três mulheres estão lado a lado, a avó entre Cecília Bruder e Dora. Cecília Bruder usa um vestido preto e tem os cabelos curtos, a avó com um vestido de flores. As duas mulheres não sorriem. Dora está com um vestido preto – ou azul-marinho – e uma blusa de gola branca, mas isto pode ser também um colete e uma saia – a foto não está muito nítida para que se possa saber. Ela calça meias e sapatos de presilha. Seus cabelos, de comprimento médio, descem até os ombros e estão presos atrás com uma rede, seu braço esquerdo cai ao longo do corpo, com os dedos da mão esquerda dobrados, o braço direito está escondido pela avó. Sua cabeça está bem levantada, seus olhos são graves, mas em seus lábios há como um início de sorriso. E isso dá ao seu rosto uma expressão de doçura um pouco triste, e de desafio. As três mulheres estão de pé diante de uma parede. O piso é de concreto, como o corredor de um local público. Quem terá tirado essa foto? Ernesto Bruder? E se ele não está nessa foto, isso quer dizer que já foi preso? Em todo caso, parece que as três mulheres vestiram suas roupas de domingo, diante dessa objetiva anônima.

Dora estará usando a saia azul-marinho descrita no anúncio?

Fotos como têm todas as famílias. Durante o tempo da foto, eles ficam protegidos por alguns segundos, e estes segundos se transformam numa eternidade. Pergunto-me por que um raio caiu sobre eles, e não sobre outros. Enquanto escrevo estas linhas, penso de repente em outros que têm a mesma ocupação que eu. Hoje, me lembrei de um escritor alemão. Chamava-se Friedo Lampe.

Seu nome me chamou a atenção, e o título de um dos seus livros, *Au bord de la nuit*, traduzido para o francês há mais de 25 anos, e cujo exemplar descobri, naquela época, numa livraria dos Champs-Elysées. Eu não sabia nada sobre esse escritor. Mas mesmo antes de abrir o livro, já adivinhava seu tom, sua atmosfera, como se já o tivesse lido em uma outra vida.

Friedo Lampe. *Au bord de la nuit*. Esse nome e esse título me evocavam as janelas iluminadas, das quais eu não conseguia despregar a vista. É como se, detrás delas, alguém de quem você se esqueceu esperasse por você há anos, ou então não houvesse mais ninguém. Salvo uma lâmpada que ficou acesa no apartamento vazio.

Friedo Lampe nasceu em Brême em 1899, no mesmo ano de Ernesto Bruder. Frequentou a universidade de Heidelberg. Trabalhou em Hambourg, como bibliotecário e lá começou seu primeiro romance, *Au bord de la nuit*. Mais tarde, foi trabalhar com um editor em Berlim. Era indiferente à política. O que lhe interessava era descrever o crepúsculo que cai sobre o porto de Brême, a luz branca e violeta das lâmpadas em arco, os marinheiros, os boxeadores, as orquestras, o barulho dos bondes, a ponte do trem, a sirene do navio, e todas essas pessoas que se procuram, na noite... Seu romance apareceu em outubro de 1933, quando Hitler já estava no poder. *Au bord de la nuit* foi retirado das livrarias e das bibliotecas, a edição toda destruída, e seu autor considerado "suspeito". Ele nem sequer era judeu. Qual a crítica que faziam ao livro, afinal? Simplesmente, um certo encanto que tinha, e a melancolia de que estava imbuído. Sua única ambição – ele explicava numa carta – tinha sido a de "tornar agradáveis algumas horas, à noite, entre vinte horas e meia-noite, nas proximidades de um porto; penso aqui no bairro de Brême, onde passei a minha juventude. Cenas breves desfilando como num filme, entrelaçando vidas. O conjunto leve e fluido, a narrativa solta, pictórica, lírica, com muita atmosfera".

No fim da guerra, no momento do avanço das tropas soviéticas, ele morava nos arredores de Berlim. Em 2 de maio de 1945, na rua, dois soldados russos lhe pediram os documentos, depois o arrastaram a um jardim. E o mataram, sem terem tido tempo de fazer a distinção entre os bons e os maus. Os vizinhos o enterraram, um pouco afastado, à sombra de uma bétula, e entregaram à polícia o que restava dele: seus papéis e o chapéu.

Um outro escritor alemão, Felix Hartlaub, era originário do porto de Brême, como Friedo Lampe. Nasceu em 1913. Estava em Paris durante a Ocupação. Tinha horror a essa guerra com seu uniforme cinza e verde. Não sei muita coisa sobre ele. Li, em francês, numa revista dos anos 1950, um trecho de um pequeno volume que escreveu, *Von Unten Gesehen*, e cujo manuscrito confiou à sua irmã, em janeiro de 1945. Este trecho tinha como título "Notas e impressões". Ele observa o restaurante de uma estação parisiense e sua fauna, o Ministério das Relações Exteriores abandonado, com suas centenas de escritórios desertos e empoeirados, no momento em que os serviços alemães aí se instalam, os lustres que ficaram acesos e todos os pêndulos que soavam sem cessar no silêncio. Ele se vestia à paisana, à noite, para se esquecer da guerra, e mergulhava pelas ruas de Paris. Ele nos fala de um de seus trajetos noturnos. Pegava o metrô na estação Solférino. Descia em Trinité. Estava escuro. Era verão. O ar estava quente. Subia a rua de Clichy, com o blecaute. No sofá do bordel percebe, desprezível e solitário, um chapéu de tirolês. As moças desfilam. "Elas estão longe, como sonâmbulas, sob o efeito do clorofórmio. E tudo mergulhado – ele escreve – numa estranha luz de aquário tropical, de vidro superaquecido." Ele também está distante. Observa tudo de longe, como se este mundo em guerra não tivesse nada a ver com ele, atento aos minúsculos detalhes cotidianos, às atmosferas, e ao mesmo tempo longe, estranho a tudo à sua volta. Como Friedo Lampe, ele morreu em Berlim na primavera de 1945, com 32 anos, durante os últimos combates, num universo de carnificina e apocalipse onde ele estava por algum erro, com um uniforme que o obrigaram a vestir, mas que não era seu.

E agora, por que meu pensamento se dirige, entre tantos escritores, para o poeta Roger Gilbert-Lecomte? A ele, também, um raio o atingiu no mesmo período dos dois precedentes, como se algumas pessoas devessem servir de para-raios, para que outras pudessem ser salvas. Aconteceu que meu caminho e o de Roger Gilbert-Lecomte se cruzaram. Com a mesma idade que ele, também frequentei os bairros do sul: bulevar Brune, rua Alésia, hotel Primavera, rua Voie-Verte... Em 1938, ele morava ainda neste bairro de Porte d'Orleans, com uma judia alemã, Ruth Kronenberg. Depois, em 1939, sempre com ela, um pouco mais longe, no bairro de Plaisance, num estúdio na rua Bardinet 16. Quantas vezes percorri essas ruas, sem nem saber que Gilbert-Lecomte tinha me precedido... E na margem direita, em Montmartre, rua Caulaincourt, em 1965, ficava toda a tarde num café, na esquina da avenida Caulaincourt, e num quarto de hotel, ao fundo do beco, Montmartre 42-99, ignorando que Gilbert-Lecomte lá morara, há trinta anos...

Na mesma época, conheci um médico que se chamava Jean Puyaubert. Eu achava que estava com um problema nos pulmões. Pedi-lhe um atestado para, assim, conseguir evitar o serviço militar. Ele marcou um encontro na clínica onde trabalhava, na praça Alleray, e tirou uma radiografia: eu não tinha nada nos pulmões, o que queria era ser dispensado do serviço militar, e, no entanto, não havia guerra. Simplesmente, achava insuportável a perspectiva de viver uma vida de caserna, como a que já tinha vivido dos 11 aos 17 anos.

Não sei o paradeiro do doutor Jean Puyaubert. Soube, muitos anos depois de conhecê-lo, que ele era um dos melhores amigos de Roger Gilbert-Lecomte, e que este lhe tinha pedido, na mesma época, o mesmo que eu: um certificado médico que dissesse que ele sofria de uma pleurisia – para que fosse dispensado.

Roger Gilbert-Lecomte... Ele viveu seus últimos anos em Paris, na Ocupação... Em julho de 1942, sua amiga Ruth Kronenberg foi presa na zona livre, quando voltava da praia de Collioure. Ela foi deportada no comboio de 11 de setembro, uma semana antes de Dora Bruder. Uma jovem de Colônia, que chegara a Paris por volta de 1935, com 20 anos, devido às leis raciais. Ela amava o teatro e a poesia. Aprendeu costura, para fazer figurinos de cena. Logo conheceu Roger Gilbert-Lecomte, entre outros artistas, em Montparnasse...

Ele continuou a morar sozinho no estúdio da rua Bardinet. Depois a Sra. Firmat, dona de um bar, o recolheu, e passou a cuidar dele. Dele, só restava uma sombra. No outono de 1942 empreendia expedições terrivelmente cansativas aos subúrbios de Paris, até Bois-Colombes, rua dos Aubépines, para obter, com um certo doutor Bréavoine, algumas receitas que lhe permitissem comprar um pouco de heroína. Foi detido nessas idas e vindas. Mandaram-no para a prisão La Santé, em 21 de outubro de 1942. Lá ficou até 19 de novembro, na enfermaria. Foi solto com uma ordem para comparecer à polícia correcional, no mês seguinte por "ter, em Paris, Colombes, Bois- Colombes, Asnières, em 1942, comprado e guardado ilicitamente e sem motivo legítimo estupefacientes, heroína, morfina, cocaína..."

No começo de 1943, ele permaneceu algum tempo numa clínica d'Épinay, depois a Sra. Firmat o hospedou num quarto em cima de seu café. Uma estudante, a quem ele emprestou o estúdio da rua Bardinet durante sua estada na clínica, deixou uma caixa de ampolas de morfina, que ele utilizou gota a gota. Eu não descobri o nome dessa estudante.

Ele morreu de tétano em 31 de dezembro de 1943, no hospital Broussais, com 36 anos de idade. Dos dois livros de poemas que publicou alguns anos antes da guerra, um se chamava *La Vie, l'Amour, la Mort, le Vide e le Vent*.

Muitos amigos que não conheci desapareceram em 1945, ano de meu nascimento.

No apartamento do cais de Conti nº 15, onde meu pai morava depois de 1942 – o mesmo apartamento que Maurice Sachs alugou no ano precedente –, meu quarto de criança era um dos dois quartos que davam para o pátio. Maurice Sachs lembra que ele emprestou esses dois quartos a um certo Albert, cujo apelido era "o Zebu". Este recebia "todo um grupo de jovens atores que sonhavam em fazer uma companhia, e de adolescentes que começavam a escrever". Este "Zebu", Albert Sciaky, tinha o mesmo nome do meu pai e pertencia também a uma família judia italiana de Salonica. E exatamente como eu trinta anos mais tarde, com a mesma idade, ele publicou aos 21 anos, em 1938, pela Gallimard, sob o pseudônimo de François Vernet, seu primeiro romance. Depois, entrou na Resistência. Os alemães o pegaram. Ele escreveu na parede da cela 218, segunda divisão, em Fresnes: "Zebu preso em 10.2.44. Ficou em regime severo três meses, interrogado de 9 a 28 de maio, passou pela inspeção em 8 junho, dois dias após o desembarque dos aliados."

Ele partiu do campo de Compiègne no comboio de 2 de julho de 1944 e morreu em Dachau em março de 1945.

Assim, no apartamento onde Sachs se dedicava ao tráfico de ouro, e onde mais tarde meu pai se escondeu com falsa identidade, "o Zebu" tinha ocupado o meu quarto de criança. Outros, como ele, bem antes do meu nascimento, provaram todos os sofrimentos, para que nós experimentássemos apenas alguns males. Percebi isso perto dos meus 18 anos, quando fiz esse trajeto no camburão com meu pai – trajeto que não era mais do que a repetição inofensiva e paródica de outros trajetos, nos mesmos veículos, e em direção às mesmas delegacias – mas de onde jamais se poderia voltar a pé para casa, como fiz naquele dia.

Em um fim de tarde de 31 de dezembro, que escureceu muito cedo, como hoje, eu tinha 23 anos e me lembro da visita que fiz ao doutor Ferdière. Este homem me dispensou a maior atenção, num período que era para mim cheio de angústias e incertezas. Eu sabia, por alto, que ele tinha acolhido Antonin Artaud no hospital psiquiátrico de Rodez, e que havia feito de tudo para curá-lo. Mas uma coincidência me impressionou, naquela noite: eu levei para o doutor Ferdière um exemplar do meu primeiro livro, *La Place de l'Étoile,* e ele demonstrou surpresa com o título. Foi à sua biblioteca e procurou um volume fino de cor cinza, e me mostrou: *La Place de l'Étoile* de Robert Desnos, de quem ele foi amigo. O doutor Ferdière editou ele mesmo esta obra em Rodez, em 1945, alguns meses após a morte de Desnos no campo de Terezin, no ano do meu nascimento. Eu ignorava que Desnos tivesse escrito *La Place de l'Étoile.* Eu tinha roubado seu título involuntariamente.

Um amigo meu encontrou, há dois meses, nos arquivos do Yivo Institute em Nova York este documento, entre todos os que existem na antiga União Geral dos Israelitas da França, organismo fundado durante a Ocupação:

"3 L/ SBL/   17 de junho de 1942
                                                  0032

Nota para a Srta. Salomon
    Dora Bruder foi entregue à sua mãe em 15 do corrente, graças ao empenho da delegacia de polícia do bairro de Clignancourt.
    Devido às fugas sucessivas, recomendamos a internação num reformatório.
    Em razão da internação do pai, e do estado de indigência da mãe, as assistentes sociais da polícia (cais de Gesvres) farão o que for necessário, caso sejam solicitadas."

Portanto Dora Bruder, após retornar ao domicílio familiar, em 17 de abril de 1942, fugiu de novo. Sobre o período fora de casa, nada sabemos. Um mês, um mês e meio, roubados à primavera de 1942? Uma semana? Onde, e em que circunstâncias, ela terá sido presa e levada à delegacia de polícia de Clignancourt?

Depois de 7 de junho, os judeus foram obrigados a usar a estrela amarela. Aqueles cujos nomes começavam pelas letras A e B foram buscar as suas nas delegacias, a partir da terça 2 de junho, assinando registros que foram abertos para isso. No momento em que foi levada para a delegacia, Dora Bruder estaria usando a estrela? Tenho minhas dúvidas, basta lembrar o comentário de sua prima: um caráter rebelde e independente. Além disso, é bastante provável que ela estivesse sendo procurada bem antes do início de junho.

Terá sido presa na rua, por não estar usando a estrela? Encontrei a circular do dia 6 de junho de 1942, em que está clara a sorte reservada aos que fossem apanhados infringindo o oitavo decreto, relativo ao uso da insígnia:

"O Diretor da Polícia Judiciária
e o Diretor da Polícia Municipal:

Senhores delegados divisionários, delegados das vias públicas, das zonas distritais, delegados dos bairros de Paris e todos os outros serviços, Polícia Municipal e Polícia Judiciária (informando: Direção de Registros Gerais, Direção de Serviços Técnicos, Direção dos Estrangeiros e de Assuntos Judaicos...)

Processo:

1 – Judeus – homens de 18 anos ou mais:

Todo judeu em infração será enviado à prisão, aos cuidados do delegado da via pública, com uma ordem de prisão especial e individual, em duas vias (a cópia sendo destinada a M. Roux, delegado divisionário, chefe do centro de propaganda, sessão da carceragem). Nesse documento devem constar, além do lugar, o dia, a hora e as circunstâncias da prisão, nome, sobrenome, data e local de nascimento, situação da família, profissão, domicílio e nacionalidade do detido administrativo.

2 – Menores dos dois sexos de 16 a 18 anos e mulheres judias:

Serão igualmente enviados à prisão, aos cuidados dos delegados da via pública, segundo as modalidades aqui enunciadas.

O serviço de carceragem transmitirá as ordens originais de prisão à Direção dos Estrangeiros e de Assuntos Judaicos que, após um parecer da autoridade alemã, decidirá sobre os casos. Ninguém poderá ser liberado sem ordem escrita desta direção.

A Direção da Polícia Judiciária
Tanguy
A Direção da Polícia Municipal
Hennequin."

Centenas de adolescentes como Dora foram presos na rua, no mês de junho, de acordo com as instruções precisas e detalhadas dos Srs. Tanguy e Hennequin. Passaram pela prisão, e por Drancy, antes de Auschwitz. "As ordens de prisão, especiais e individuais", cujas cópias eram destinadas ao Sr. Roux, foram destruídas logo após a guerra, ou, talvez, naquela época mesmo. Mas algumas sobraram, esquecidas por distração:

"Relatório de 25 de agosto de 1942

25 agosto de 1942

Envio à prisão, por não estar de posse da insígnia judia: Sterman, Esther, nascida em 13 de junho de 1926, em Paris 12º, rua dos Francs-Bourgeois – 4º.

Rotsztein, Benjamin, nascido em 19 de dezembro de 1922, em Varsóvia, rua dos Francs-Bourgeois 5, preso na estação de Austerlitz pelos inspetores da 3ª seção de informações gerais."

Relatório de polícia. Data: 1º de setembro de 1942:

"Dos inspetores Curinier e Lasalle ao senhor Delegado Principal, chefe da Brigada Especial

Colocamos à sua disposição Jacobson Louise, nascida em vinte e quatro de dezembro de mil novecentos e vinte quatro em Paris, XIIe *arrondissement* (...) a partir de mil novecentos e vinte e cinco, de nacionalidade francesa por naturalização, de raça judia, celibatária.

Residente em casa de sua mãe, na rua dos Boulets 8, XIe *arrondissement*, estudante.

Foi presa neste dia, às quatorze horas, no domicílio de sua mãe, nas seguintes circunstâncias:

Quando fazíamos uma visita domiciliar ao local antes mencionado, a jovem Jacobson entrou em sua casa e constatamos que não usava a insígnia dos judeus, tal como foi estabelecido pelo decreto alemão.

Contou-nos que saíra de sua casa às oito horas e trinta minutos, para ir a um curso pré-vestibular no Liceu Henri-IV, na rua Clovis.

Além disso, os vizinhos desta jovem nos disseram que ela sai muitas vezes de sua casa sem essa insígnia.

A senhorita Jacobson é desconhecida dos arquivos de nossa direção, assim como dos arquivos judiciais."

"17 de maio 1944. Ontem às 22:45, durante uma ronda, dois guardas do *XVIIIe arrondissement* prenderam o judeu Français Barmann, Jules, nascido em 25 de março de 1925 em Paris 10º, morador na rua do Ruisseau 40 (*XVIIIe*), que, ao ser interpelado por dois guardas, se decidiu pela fuga, por não estar usando a estrela amarela. Os guardas deram três tiros de revólver em sua direção, sem atingi-lo, e o prenderam no 8º andar do edifício da rua Charles-Nodier 12 (*XVIIIe*), onde ele se escondeu."

Mas, segundo a "Nota para a Srta. Salomon", Dora Bruder foi entregue à sua mãe. Se ela usava ou não a estrela – sua mãe já devia usá-la há uma semana –, isto quer dizer que na delegacia de polícia de Clignancourt, naquele dia, eles não fizeram nenhuma diferença entre Dora e qualquer outra jovem que tivesse fugido. A não ser que os policiais não fossem os mesmos que escreveram a "Nota para a Srta. Salomon".

Não pude encontrar nenhuma pista dessa Srta. Salomon. Viverá ainda? Aparentemente, ela trabalhava na UGIF, um organismo dirigido por israelitas franceses de renome, e que aglutinava, durante a Ocupação, obras de assistência destinadas à comunidade judaica. A União Geral dos Israelitas da França prestava, de fato, assistência a um grande número de judeus, mas tinha infelizmente uma origem ambígua. Isto porque fora criada por iniciativa dos alemães e de Vichy, os alemães pensando que um tal organismo sob seu controle facilitaria os seus objetivos, como os *Judenrate* que eles criaram nas cidades da Polônia.

Os notáveis e o pessoal da UGIF levavam consigo uma carta chamada "de legitimação", que os colocava a salvo de prisões e internações. Mas logo este salvo-conduto revelou-se ilusório. A partir de 1943, centenas de dirigentes e empregados da UGIF foram presos e deportados. Na lista destes, encontrei uma Alice Salomon, que trabalhava na zona livre. Duvido que ela seja essa Srta. Salomon a quem teria sido endereçada a nota sobre Dora.

Quem escreveu essa nota? Um empregado da UGIF. E isto leva a crer que se conhecia, na UGIF, depois de um certo tempo, a existência de Dora Bruder e de seus pais. É provável que Cecília Bruder, a mãe de Dora, tenha feito um apelo desesperado a esse organismo, como a grande maioria dos judeus que viviam em extrema precariedade e não tinham outros recursos. Era também o único meio para ela de ter notícias de seu marido, internado no campo de Drancy depois de março, e de lhe fazer chegar alguma encomenda. E ela talvez pensasse que por meio da ajuda da UGIF terminasse encontrando sua filha.

"As assistentes sociais da polícia (cais de Gesvres) farão o necessário, caso lhes seja solicitado." Elas eram em número de vinte e faziam parte, nesse ano de 1942, da Brigada de Proteção aos Menores da Polícia Judiciária. Formavam uma seção autônoma, dirigida por uma assistente de polícia. Encontrei uma foto de duas delas tiradas nessa época. Mulheres em torno de 25 anos. Usam um casacão preto – ou azul-marinho – e na cabeça têm uma espécie de boné com um emblema onde se veem dois P: Prefeitura de Polícia. A da esquerda, uma morena cujos cabelos caem até quase a altura dos ombros, segura na mão uma sacola. A da direita parece que usa batom. Atrás da morena, na parede, duas placas onde está escrito: ASSISTENTES DE POLÍCIA. Embaixo, uma seta. Sob ela: "Expediente das 9:30 às 12 horas." A cabeça e o boné da morena tampam metade da inscrição da placa inferior. Mas, ainda assim, podemos ler:

Seção de E...

INSPETORES

Debaixo, uma seta: "Corredor à direita porta..."

Não saberemos nunca o número dessa porta.

Procuro imaginar o que aconteceu com Dora entre 15 de junho, quando ela ficou na delegacia do bairro de Clignancourt, e 17 de junho, dia da "Nota para a Srta. Salomon". Será que a deixaram sair da delegacia com sua mãe?

Se ela pôde sair da delegacia e entrar no hotel do bulevar Ornano em companhia de sua mãe – era muito perto, bastava subir a rua Hermel –, isto quer dizer, então, que vieram buscá-la três dias mais tarde, depois que a Srta. Salomon entrou em contato com as assistentes sociais da polícia, cais de Gesvres.

Mas tenho a impressão de que as coisas não foram assim tão simples. Percorri muitas vezes essa rua Hermel nos dois sentidos, na direção da Butte Montmartre, e na direção do bulevar Ornano, e, embora feche os olhos, é difícil imaginar Dora e sua mãe caminhando por essa rua até o quarto de hotel, depois de uma tarde ensolarada de junho, como se fosse um dia qualquer.

Acho que em 15 de junho, nessa delegacia do bairro de Clignancourt, se criou uma engrenagem que tornou inútil, da parte de Dora ou de sua mãe, qualquer tentativa de mudança. Isso ocorre quando crianças são sujeitas a exigências muito maiores que as de seus pais, e que adotam, diante da adversidade, uma atitude bem mais violenta que a deles. Elas deixam seus pais a léguas de distância, bem atrás. E estes, de agora em diante, não podem mais protegê-las.

Diante dos policiais, da Srta. Salomon, das assistentes sociais da Prefeitura, dos decretos alemães e das leis francesas, Cecília Bruder deveria sentir-se bem vulnerável, com sua estrela amarela, seu marido internado no campo de Drancy, e seu "estado de indigência". E bem frágil diante de Dora, que era rebelde, e que certamente tentou inúmeras vezes arrebentar a rede estendida para ela e seus pais.

"Devido às suas fugas sucessivas, recomenda-se a internação num reformatório."

Talvez Dora tenha sido transportada da delegacia de Clignancourt à prisão da Chefatura de Polícia, como era costume. Então, ela deve ter conhecido a grande sala com respiradouro, as celas, os colchões de palha sobre os quais se amontoavam desordenadamente judeus, prostitutas, presos comuns e "políticos". Terá conhecido os percevejos, o odor infecto e as guardas, aquelas freiras horrorosas, vestidas de preto, com o minúsculo véu azul, e de quem não se podia esperar nenhuma misericórdia.

Ou então levaram-na diretamente ao cais de Gesvres, expediente das 9:30 às 12 horas. Ela atravessou o corredor, à direita, até essa porta de que nunca saberei o número.

Em todo caso, em 19 de junho de 1942 ela deve ter subido num camburão, onde já estavam cinco moças da sua idade. A menos que aquelas cinco não tivessem sido presas quando era feita a ronda nas delegacias. O carro levou-as até o centro de internamento de Tourelles, no bulevar Mortier, na entrada de Lilas.

Para o ano de 1942, existe um registro do campo de Tourelles. Na capa, está escrito: MULHERES. Há uma lista dos nomes das internas, por ordem de chamada. Trazia a relação de mulheres presas por desobediência, por serem comunistas, e até agosto de 1942, de judias que teriam cometido alguma infração às ordens alemãs: proibição de sair depois das dez horas da noite, porte da estrela amarela, proibição de ultrapassar a linha de demarcação para passar à zona livre, proibição de utilizar um telefone, de ter uma bicicleta, um aparelho de rádio...

Na data de 19 de junho de 1942, lê-se nesse registro:

"Entradas de 19 de junho de 1942
439. 19.6.42. 5º Bruder Dora, 25.2.26. Paris 12º Francesa. bd. Ornano 41. J. xx Drancy em 13.8.42."

Os nomes que se sucedem, naquele dia, são os de cinco outras moças, todas da idade de Dora:

"440. 19.6.42. Winerbett Claudine. 26.11.24. Paris 9º. Francesa. Rua des Moines 82. J. xx Drancy em 13.8.42.
"1. 19.6.42. 5º Strohlitz Zélie. 4.2.26. Paris 11º. Francesa. Rua Molière 48. Montreuil. J. Drancy 13.8.42.
2. 19.6.42, Israelowicz Raca. 19.7.1924. Lodz ind. J. 26 rua (ilegível). Enviada às autoridades alemãs comboio 19.7.42.
3. Nachmanowicz Marthe. 23.3.25. Paris. Francesa. 258 rua Marcadet J. xx Drancy 13.8.42.
4. 19.6.42. 5º Pitoun Ivonne. 27.1.25 Argélia. Francesa. 3 rua Marcel-Sembat. J. xx Drancy em 13.8.42."

Os guardas davam a cada uma um número de matrícula. A Dora, o número 439. Ignoro o que significa o número 5. A letra J queria dizer: judia. Drancy em 13 de agosto foi acrescentado depois: em 13 de agosto de 1942, as trezentas mulheres judias que estavam ainda internadas no Tourelles foram transferidas ao campo de Drancy.

Nessa quinta 19 de junho, dia em que Dora chegou ao Tourelles, obrigaram as mulheres a se juntarem no pátio do quartel, depois do almoço. Estavam presentes três oficiais alemães. Ordenaram às judias de 18 a 40 anos que se colocassem em fila, de costas. Um dos alemães já tinha uma lista completa delas e chamou uma de cada vez. As outras foram levadas ao dormitório. As 66 mulheres tiveram de separar-se de suas companheiras, e foram levadas para um grande quarto vazio, onde não havia nenhuma cama ou cadeira, onde ficaram isoladas durante três dias, os guardas revezando-se diante da porta.

No domingo 22 de junho, às cinco horas da manhã, alguns ônibus vieram buscá-las para levá-las ao campo de Drancy. No mesmo dia, elas foram deportadas num comboio com mais de novecentos homens. Era o primeiro comboio que partia da França com mulheres. A ameaça que pairava, sem que se pudesse lhe dar um nome certo, e que se esquecia apenas por alguns momentos, se esclareceu definitivamente para as judias de Tourelles. E durante os três primeiros dias do seu internamento, Dora viveu esse clima opressivo. Na madrugada de domingo, quando ainda estava escuro, ela viu pelas janelas fechadas, como todas as suas colegas do campo, que partiam as 66 mulheres. Um funcionário da polícia determinou para 18 de junho, ou 19 de junho, a ordem de deportação de Dora para o campo de Tourelles. Isto ocorreu na delegacia do bairro de Clignancourt ou no cais de Gesvres? Esta ordem de deportação devia ser emitida em duas cópias, que seriam mandadas à escolta de camburões, com um selo e uma assinatura. No momento de assinar, esse funcionário terá refletido sobre as consequências de seu gesto? No fundo, era questão de uma assinatura de rotina apenas, além do mais, o lugar para o qual a jovem era enviada ainda estava designado pela Prefeitura de polícia em termos apaziguadores: "Hospedagem. Centro de Assistência Vigiada."

Consegui identificar algumas mulheres, entre aquelas que partiram no domingo 22 de junho, às cinco da manhã, e com quem Dora terá se encontrado ao chegar quinta-feira ao Tourelles.

Claudette Bloch tinha 32 anos. Foi presa quando andava pela rua Foch, sede da Gestapo, onde foi pedir notícias de seu marido, preso em dezembro de 1941. Ela foi uma das raras sobreviventes do comboio.

Josette Delimal tinha 21 anos. Claudette Bloch a conhecera na prisão da Chefatura de Polícia antes que as duas fossem internadas no Tourelles, no mesmo dia. Segundo seu depoimento, Josette Delimal "teve uma vida dura antes da guerra e não acumulou a energia que tiramos das recordações felizes. Ficou muito mal. Eu a reconfortava à minha maneira (...). Quando nos levaram ao dormitório onde nos destinavam uma cama, eu perguntava insistentemente se nos separariam. Não nos separamos até Auschwitz, onde ela logo faleceu, portadora de tifo". Aí está o pouco que sei de Josette Delimal. Gostaria de saber mais.

Tamara Isserlis. Tinha 24 anos. Uma estudante de medicina. Foi presa no metrô Cluny por levar "sob a estrela de David a bandeira francesa". Sua carteira de identidade, que foi encontrada, indica que ela morava na rua Buzenval 10, em Saint-Cloud. Tinha o rosto oval, os cabelos castanho-claros e os olhos negros.

Ida Levine. Vinte e nove anos. Sobram algumas cartas suas à sua família, que ela escreveu da prisão, e depois do campo de Tourelles. Ela jogou sua última carta do trem, na estação de Bar-le-Duc, e os ferroviários se encarregaram de enviá-la. Dizia: "Estou a caminho de um lugar desconhecido, mas o trem de onde lhes escrevo se dirige para leste: talvez estejamos indo para muito longe...".

Hena: Eu a chamarei pelo seu primeiro nome. Tinha 19 anos. Foi presa porque tinha assaltado um apartamento, ela e seu amigo, levando 150 mil francos da época, e joias. Talvez ela sonhasse em deixar a França com esse dinheiro e escapar às ameaças que pesavam sobre sua vida. Ela passou por um tribunal correcional. Foi condenada por esse roubo. Como era judia, não foi encarcerada em prisão comum, mas no Tourelles. Sinto-me solidário com esse assalto. Meu pai também, em 1942, com dois cúmplices, roubou os estoques de esferas de rolamento da sociedade SKF, na avenida Grande-Armée, e eles puseram a mercadoria nos caminhões, para levá-la até a oficina de mercado negro, na avenida Hoche. Os decretos alemães, as leis de Vichy, os artigos de jornais reconheceram que eles eram pestilentos e criminosos comuns, o que legitimava que passassem a se comportar como foras da lei a fim de sobreviver. Era uma questão de honra. E gosto deles por isso.

O que ainda sei sobre Hena resume-se a quase nada: ela nasceu em 11 de dezembro de 1922 em Pruszkow, na Polônia, e morava na rua Oberkampf 142, uma rua que, lembro bem, era uma ladeira.

Annette Zelman. Tinha 21 anos. Era loura. Morava no bulevar de Strasbourg. Vivia com um rapaz, Jean Jausion, filho de um professor de medicina. Publicou seus primeiros poemas numa revista surrealista, *Les Réverbères,* que ela e seus amigos criaram, pouco antes da guerra.

Annette Zelman. Jean Jausion. Em 1942, os dois eram vistos muitas vezes no café de Flore. Eles se refugiaram por algum tempo na zona livre. E depois, a desgraça caiu sobre eles. Aqui podemos conhecê-la por inteiro, em poucas palavras, numa carta de um oficial da Gestapo:

"21 de maio 1942, concernente: Casamento entre não judeus e judeus.

Soube que Jean Jausion, sob jurisdição francesa (ariano), estudante de filosofia, 24 anos, morando em Paris, tem a intenção de se casar, na data de Pentecostes, com a judia Anna Malka Zelman, nascida em 6 de outubro de 1921, em Nancy.

Os pais de Jausion desejam impedir de toda forma esta união, mas eles não possuem meios para tal.

Ordenei então, como medida preventiva, a prisão da judia Zelman, e seu internamento no campo do quartel de Tourelles..."

E numa ficha da polícia francesa:

"Annette Zelman, judia, nascida em Nancy em 6 de outubro de 1921. Francesa: presa em 23 de maio de 1942. Permaneceu na prisão da Chefatura de Polícia de 23 de maio a 10 de junho, enviada ao campo de Tourelles de 10 de junho a 21 de junho, transferida para a Alemanha em 22 de junho. Motivo da prisão: projeto de casamento com um ariano, Jean Jausion. Os dois declararam, por escrito, renunciar a qualquer projeto de união, conforme o desejo insistente do Dr. H. Jausion, que quis que eles fossem dissuadidos e que a jovem Zelman fosse simplesmente devolvida à sua família, sem ser de forma alguma hostilizada."

Mas este doutor, que fazia uso de estranhos meios de dissuasão, era bastante ingênuo: a polícia não devolveu Annette Zelman à sua família.

Jean Jausion partiu como correspondente de guerra no outono de 1944. Encontrei, em um jornal de 11 de novembro, este anúncio:

"Procura-se. A direção do nosso periódico *Franc-Tireur* ficará reconhecida a todas as pessoas que deem notícias sobre o desaparecimento de um de seus colaboradores, Jausion, nascido em 20 de agosto de 1917, em Toulouse, residente na rua Théodore-de-Banville 21, Paris. Partiu em 6 de setembro como repórter do *Franc-Tireur,* com um jovem casal de antigos *maquisars*,* os Leconte, num Citroën 11, preto, tração dianteira, registro RN 6283,

---

* Nome dado aos combatentes da Resistência, organizada contra os alemães, na França. (N. da T.)

trazendo atrás uma placa com letras brancas: *Franc-Tireur*."

Ouvi dizer que Jean Jausion lançou seu carro contra uma coluna alemã. Metralhou-os antes que eles reagissem, não encontrando assim a morte que viera buscar.

No ano seguinte, em 1945, aparece um livro de Jean Jausion. Seu título: *Un homme marche dans la ville*.

Há dois anos encontrei por acaso, numa livraria do cais, a última carta de um homem que partiu no comboio de 22 de junho, junto com Claudette Bloch, Josette Delimal, Tamara Isserlis, Hena, Annette, a amiga de Jean Jausion...

A carta estava à venda, como qualquer autógrafo, o que quer dizer que o destinatário dela e seus familiares também estavam desaparecidos. Uma folha de papel muito fina, coberta dos dois lados com uma letra minúscula. Foi escrita do campo de Drancy por um certo Robert Tartakovsky. Soube que ele nasceu em Odessa, em 24 de novembro de 1902, e que manteve uma coluna de arte no jornal *L'Illustration,* antes da guerra. Transcrevo sua carta, nesta quarta-feira, 29 de janeiro de 1997, já passados cinquenta anos.

"19 de junho de 1942. Sexta-feira.

Senhora TARTAKOVSKY

rua Godefroy-Cavaignac 50. Paris 11º

Anteontem me chamaram para a partida. Há muito tempo que eu já estava preparado moralmente para isso. O campo está assustado, muitos choram, têm medo. A única coisa que me incomoda, e muito, são as roupas que pedi há tanto tempo, e que não chegaram. Fui obrigado a mandar uma encomenda com roupas. Haverá tempo de receber o que espero? Gostaria muito de que nem minha mãe nem ninguém ficassem muito preocupados, pois farei o possível para retornar são e salvo. Se vocês não tiverem notícias, não se aflijam, por favor; havendo necessidade devem dirigir-se à Cruz Vermelha. Perguntem na delegacia de Saint-Lambert (Administração do 15º), direção do metrô Vaugirard, sobre os papéis que foram expedidos em 3/5. Devem, sim, se preocupar com o meu boletim de alistamento voluntário, matrícula 10107, não sei se ele está no campo, e se me será devolvido. Rogo levarem uma prova de Albertine à casa da senhora BIANO-VICI, rua Deguerry 14 Paris 11º, ela é para um companheiro de quarto. Esta pessoa lhes entregará 1.200 francos. Previna-a por carta, para ter certeza de encontrá-la. O escultor será chamado por Trois Quartiers para sua galeria de arte, foi resultado das minhas articulações junto ao Sr. Gompel, internado em Drancy: se essa galeria quiser a totalidade de uma edição, reservem de qualquer modo três provas, seja por elas já estarem vendidas, dirão vocês, seja por serem reservadas para o editor. Vocês podem, se o molde suportar *suivant ladite demande,* tirar duas provas a mais do que pensavam. Espero que vocês não fiquem muito nervosos. Gostaria que Marthe saísse de férias. Meu silêncio não deverá nunca ser interpretado como sinal de que as coisas vão mal. Se estas palavras lhes chegarem a tempo, enviem o máximo que puderem de alimentos como encomenda, o peso é, aliás, menos controlado. Qualquer objeto de vidro será devolvido, eles proíbem faca, garfo, lâmina de barbear, caneta etc. Até agulhas. Enfim, eu farei o possível para me organizar. Biscoitos de soldado ou pão ázimo seria bom. Na minha carta da correspondência habitual me referi a um companheiro, PERSIMAGI, ver para ele (Irene) a embaixada da Suécia, ele é bem maior que eu e está em farrapos (ver Gattégno rua Grande-Chaumière 13). Um ou dois bons sabonetes, sabão de barba, pincel, uma escova de dentes, uma escovinha, isso seria muito bom, tudo se embaralha na minha cabeça, gostaria de poder misturar o que é necessário com todas as outras coisas que quero lhes falar. Somos em torno de mil, os que partem. Há também arianos no campo. São obrigados a usar a insígnia judia. Ontem o capitão alemão Doncker veio ao campo, foi uma correria para todo lado. Recomendem a todos os amigos que, podendo, mudem de ares, que por aqui não há esperança alguma de nada. Eu não sei se nos enviarão até

Compiègne antes da grande viagem. Não vou lhes enviar a roupa, vou lavá-la aqui. A covardia da maioria me assusta. Eu me pergunto qual a consequência disso quando estivermos lá. Havendo oportunidade, procurem a Sra. Salzman, não para lhe perguntar o que quer que seja, mas a título de informação. Quem sabe terei oportunidade de encontrar a pessoa que Jacqueline queria libertar. Recomendem muita prudência a minha mãe, chegam presos todos os dias, aqui há alguns muito jovens, 17, 18, e velhos, 72 anos. Até segunda-feira de manhã vocês podem, até em várias remessas, mandar as encomendas. Telefonem à UGIF, rua da Bienfaisance, vocês não irão lá à toa, as encomendas que vocês irão levar aos endereços habituais serão aceitas. Não quis assustá-los nas minhas cartas anteriores, mas estava preocupado por não receber o que deveria ser meu enxoval de viagem. Tenho intenção de mandar a Marthe meu relógio, talvez minha caneta, vou entregá-los a B. Nas encomendas de alimentos não coloquem nada perecível, pois eles viajarão comigo. Fotos sem correspondência, em encomendas de víveres ou roupa. Vou lhes devolver provavelmente os livros de arte, os quais lhes agradeço muito. Certamente, deverei passar o inverno aqui, mas não se preocupem, estou preparado. Releiam minhas cartas. Vocês irão ver o que eu pedia desde o primeiro dia, de que agora não me lembro mais. Lã para consertos. Cinto. Stérogyl 15. O açúcar se desfaz, caixa de metal da casa de minha mãe. O que me aborrece é que raspam a cabeça de todos os deportados e isso os identifica até mais que a insígnia. Em caso de dispersão, o Exército da Salvação fica sendo o lugar para onde enviarei notícias, previnam Irene.

Sábado, 20 junho 1942 – Minhas três queridas, recebi ontem mala, obrigado por tudo. Eu não sei, mas temo uma partida precipitada. Hoje eu devo ser tosado a zero. A partir desta noite, os que partem serão certamente trancafiados num prédio especial e vigiados de perto, estarão acompanhados de um policial até para ir ao banheiro. Uma atmosfera sinistra sente-se em todo o campo. Não acho que iremos passar por Compiègne. Sei que vamos receber três dias de víveres, para a estrada. Temo partir antes das novas encomendas, mas não se inquietem, a última foi muito farta e depois da minha chegada aqui coloquei de lado todo o chocolate, as conservas e o salame. Fiquem calmos, vocês estarão em meu pensamento. Os discos de *Petrouchka,* eu gostaria de enviá-los a Marthe em 28/7, a gravação está completa em 4 d. Fui ver B. ontem à noite para agradecer seus favores, ele sabe que eu defendi, aqui, junto a algumas personalidades as obras do escultor. Estou contente, fotos recentes que não mostrei a B., me desculpei de não lhe mostrar foto da obra, mas é lícito pedi-las, lhe disse. Tenho pena de interromper as edições, se voltar logo ainda será tempo. Amo a escultura de

Leroy, teria editado com alegria uma redução à altura das minhas posses, mesmo a algumas horas de partir isso não me sai da cabeça.

Peço que ajudem minha mãe, sem que isso as obrigue a negligenciarem suas próprias coisas, quero dizer. Estendam a Irene, a sua vizinha, este meu desejo. Procurem telefonar ao Dr. André ABADI (se ainda está em Paris). Digam para André que aquela pessoa de quem ele já tem o endereço, eu a reencontrei no dia 1º maio, e no dia 3 eu estava preso (coincidência, apenas?). Talvez estas palavras desorganizadas acabem assustando vocês, mas o ambiente está muito ruim, são 6:30 da manhã. Daqui a pouco vou devolver o que não vou levar, tenho medo de levar coisa demais. Se isto agrada aos inspetores, vamos poder, no último momento, nos desfazer de uma mala, faltando lugar, ou segundo seu humor (são os membros da Polícia de Assuntos Judaicos, doriotistes ou piloristes*). No entanto, isso seria útil. Vou fazer uma triagem. Desde que vocês não tenham mais notícias minhas, não se inquietem, não se apressem, esperem pacientemente e com confiança, tenham confiança em mim, digam para minha mãe que eu prefiro estar nesta viagem, eu vou partir (digam a ela) para longe... O que me deixa aborrecido é ser obrigado a me separar da minha caneta,

---

* Doriotistes: milícia colaboracionista cujo chefe era Jacques Doriot. Piloristes: eram os encarregados dos fuzilamentos. (N. da T.)

de não ter o direito a ter papel (um pensamento ridículo me atravessa a mente: as facas estão proibidas e eu não tenho um simples abridor de lata de sardinhas). Não sinto coragem, estou perdendo a vontade, a atmosfera: doentes e aleijados foram escalados para a viagem também, em número considerável. Penso em Rd. também, espero que esteja definitivamente em segurança. Eu tinha na casa de Jacques Daumal todo tipo de coisa. Penso que seria inútil talvez tirar livros da minha casa agora, deixo-os em liberdade para decidir. Talvez fique um bom tempo na estrada! Preocupem-se com os abonos da minha mãe, façam com que o UGIF a ajude. Espero que vocês agora já estejam reconciliados com Jacqueline, ela é surpreendente, mas no fundo chique (o dia está clareando, vai fazer um lindo dia). Não sei se vocês receberam minha carta de rotina, se terei resposta antes de partir. Penso na minha mãe, em vocês. Em todos os meus companheiros que, carinhosamente, me ajudaram a ficar em liberdade. Obrigado de todo coração àqueles que me permitiram 'passar o inverno'. Vou deixar esta carta interrompida. É preciso que prepare a mala. Até depois. Caneta e relógio para Marthe, seja o que for que diga minha mãe, esta nota para o caso de eu não poder continuar. Mamãe querida, e vocês minhas três queridas, eu as abraço com emoção. Sejam corajosas. Até depois, são 7 horas."

Fui, em dois domingos do mês de abril de 1996, aos bairros do leste, o do Sagrado Coração de Maria e o de Tourelles, buscando alguma pista de Dora Bruder. Achei que seria melhor ir aos domingos, quando a cidade está vazia, de maré baixa.

Do Sagrado Coração de Maria nada resta. Um moderno bloco de edifícios pode ser visto no ângulo da rua Picpus e da rua da estação de Reuilly. Uma parte dos edifícios se mantém com os últimos números ímpares da rua da estação de Reuilly, onde era o muro rodeado de árvores do pensionato. Um pouco mais adiante, na mesma calçada, e em frente, do lado dos números pares, a rua continua igual.

É difícil acreditar que, no nº 48, cujas janelas dão para o jardim do Sagrado Coração de Maria, os policiais tivessem vindo prender nove crianças e adolescentes, numa manhã de julho de 1942, enquanto Dora estava no Tourelles. É um edifício de cinco andares, de ladrilhos brancos. Duas janelas, em cada um dos andares, circundam duas janelas menores.

Ao lado, o número 40 é um edifício cinzento, afastado da calçada. Diante dele, um pequeno muro de tijolos, e uma grade. Em frente, sobre a mesma calçada que acompanha o muro do pensionato, alguns outros pequenos edifícios ficaram como eram. No número 54, exatamente antes de se chegar à rua Picpus, havia um bar cuja dona era uma certa Srta. Lenzi.

De repente, tive a certeza de que, na noite em que fugiu, Dora se afastou do pensionato por essa rua da estação de Reuilly. Eu podia vê-la, acompanhando o muro do pensionato. Talvez porque o termo "estação" evocasse a fuga.

Caminhei pelo bairro e, depois de um momento, senti o peso da tristeza de outros domingos, quando era preciso retornar ao pensionato. Tenho certeza de que ela desceria do metrô em Nation. Que atrasaria o momento de ultrapassar o pórtico e de cruzar o pátio. Que passearia ainda pelo bairro, sem rumo certo. Escurece. A avenida de Saint-Mandé é calma, rodeada de árvores. Esqueço se há um aterro. O sinal fica em frente à boca do antigo metrô da estação Picpus. Ela sairia por essa boca de metrô? À direita, a avenida Picpus é fria e desolada, diferente da avenida Saint-Mandé. Sem árvores, creio. E mais a solidão do retorno de domingo à noite.

O bulevar Mortier é em declive. Inclina-se para a direção sul. Para chegar a ele, neste domingo, 28 de abril de 1996, segui o seguinte trajeto: rua Archives. Rua Bretagne. Rua Filles-du-Calvaire. Depois a subida da rua Oberkampf, onde mora Hena.

À direita, o grupo de árvores ao longo da rua dos Pyrenées. Rua de Ménilmontant. Os blocos de edifícios do 140 estão desertos, sob o sol. Na última parte da rua Saint-Fargeau, parecia que estava atravessando uma cidade abandonada.

O bulevar Mortier é rodeado de plátanos. Eles continuam lá, onde terminam os edifícios do quartel de Tourelles, exatamente diante da entrada de Lilas.

O bulevar estava deserto naquele domingo e perdido em tão profundo silêncio que se ouvia até o ranger dos plátanos. Um muro alto cerca o antigo quartel de Tourelles, escondendo seus edifícios. Atravessei todo o muro. Havia uma placa, onde se lia:

ZONA MILITAR
PROIBIDO FILMAR OU FOTOGRAFAR

Disse a mim mesmo que ninguém deveria se lembrar de mais nada. Atrás do muro se estendia uma terra de ninguém, uma zona de vazio e esquecimento. Os velhos edifícios de Tourelles não foram destruídos como o pensionato da rua Picpus, mas era como se tivessem sido.

No entanto, sob essa capa espessa de amnésia, uma estranha sensação de tempos em tempos, como um eco longínquo, abafado, mas é difícil precisar o quê, exatamente. Era como estar no limite de um campo magnético, sem pêndulo para captar as ondas. Na dúvida e na má-fé, colocaram o letreiro "Zona militar. Proibido filmar ou fotografar".

Há vinte anos, num outro bairro de Paris, lembro-me de ter experimentado essa mesma sensação de vazio que senti diante do muro do Tourelles, sem saber exatamente por quê. Tive uma amiga que costumava se hospedar em apartamentos ou casas de campo. Nessas oportunidades, eu tirava das bibliotecas alguns livros de arte e edições raras, que depois revendia. Um dia, num apartamento da rua Regard, onde estávamos sozinhos, roubei uma caixa de música antiga, e depois de revistar os armários, peguei uns ternos bons, umas camisas e uns dez pares de elegantes sapatos. Procurei no catálogo um revendedor a quem pudesse levar os objetos, e encontrei um, na rua dos Jardins-Saint-Paul.

Esta rua começa no Sena, no cais de Célestins, e encontra-se com a rua Charlemagne, perto do liceu onde fiz as provas do bacharelado, no ano anterior. Embaixo de um dos últimos edifícios, do lado dos números pares, exatamente antes da rua Charlemagne, uma porta de ferro enferrujada, levantada pela metade. Entrei num depósito onde estavam entulhados móveis, roupas, ferragens, peças de automóveis. Um homem de uns 40 anos recebeu-me e, amavelmente, se propôs a ir buscar, no mesmo lugar, a "mercadoria", dali a alguns dias.

Ao deixá-lo, segui pela rua dos Jardins-Saint-Paul, na direção do Sena. Todos os edifícios da rua, do lado ímpar, tinham sido demolidos havia pouco tempo. E outros edifícios que estavam atrás deles. Em seu lugar restava apenas um terreno baldio, ele mesmo cercado por imóveis demolidos pela metade. Ainda se podiam ver, nas paredes a céu aberto, os papéis de parede de antigos quartos, os vestígios de condutos de chaminé. Era possível imaginar que o bairro tivesse sofrido um bombardeio, e a impressão de vazio era mais forte ainda, devido à saída dessa rua para o Sena.

No domingo seguinte, o revendedor veio ao bulevar Kellermann, perto de Gentilly, na casa do pai do meu amigo, onde eu tinha marcado um encontro para passar-lhe a "mercadoria". Ele colocou no seu carro a caixa de música, as roupas, as camisas e os sapatos. Por tudo, recebi 700 francos da época.

Depois convidou-me a beber algo. Paramos em frente a um dos dois bares, diante do estádio Charlety.

Perguntou-me o que eu fazia na vida. Eu não sabia muito bem o que dizer. Acabei respondendo que tinha abandonado os estudos. Da minha parte lhe fiz perguntas também. O depósito da rua dos Jardins-Saint-Paul era dirigido por seu primo e sócio. Ele tinha sob sua responsabilidade um outro local, perto do Mercado de Pulgas, entrada de Clignancourt. Aliás, ele tinha nascido nesse bairro de Clignancourt, numa família de judeus poloneses.

Fui eu que comecei a falar da guerra e da Ocupação. Ele tinha 18 anos, à época. Lembrou-se de um sábado em que a polícia fez uma batida para prender os judeus no Mercado de Pulgas de Saint-Ouen, e que ele escapara por um triz de ser preso. O que o surpreendeu foi encontrar, entre os inspetores, uma mulher.

Falei com ele sobre o terreno baldio que eu havia notado, nas diversas vezes em que fora com minha mãe ao Mercado de Pulgas, e que ficava debaixo dos blocos de edifícios do bulevar Ney. Ele morou nesse lugar com sua família. Rua Élisabeth-Rolland. Surpreendeu-se por eu saber o nome da rua. Um bairro que era chamado de La Plaine. Destruíram tudo depois da guerra, e agora era um campo de esportes.

Falando com ele eu pensava no meu pai, que não via há tanto tempo. Aos 19 anos, com a mesma idade que eu, e antes de perder-se em sonhos financeiros, ele vivia de pequenos tráficos nos subúrbios de Paris. Descobria as fraudes da alfândega com os galões de gasolina, e os revendia aos garagistas, junto com bebidas e outras mercadorias. Tudo isso sem pagar as taxas.

Ao deixar-nos, ele disse em tom amistoso que se eu ainda quisesse revender algumas coisas poderia procurá-lo na rua dos Jardins-Saint-Paul. E me deu 100 francos a mais, certamente sensibilizado por minha aparência de bom rapaz. Esqueci-me do seu rosto. A única coisa de que me lembro é seu nome. Ele pode muito bem ter conhecido Dora Bruder, pelo lado da entrada de Clignancourt e de La Plaine. Eles moravam no mesmo bairro, e tinham a mesma idade. Talvez ele soubesse tudo sobre as fugas de Dora... Existem portanto coincidências, encontros, acasos, sobre os quais nunca vamos conseguir saber nada... Eu pensava nisso nesse outono, andando novamente pelo bairro da rua dos Jardins-Saint-Paul. O depósito e a cortina de ferro enrolada não existem mais, e os edifícios vizinhos foram restaurados. De novo, senti um vazio. E sabia o motivo. A maioria dos edifícios do bairro tinha sido destruída depois da guerra, de uma maneira metódica, a partir de uma decisão administrativa. E um nome foi dado, inclusive, ao local que seria destruído: quarteirão 16. Encontrei fotos, uma da rua dos Jardins-Saint-Paul, quando as casas dos números ímpares ainda existiam. Outra foto de edifícios meio destruídos, ao lado da igreja Saint-Gervais, e perto do hotel Sens. Outra, um terreno vazio à margem do Sena, que as pessoas atravessavam entre duas calçadas, aliás inúteis: o que restava da rua Nonnains-d'Hyères. E construíram, em cima, um conjunto de edifícios, modificando às vezes o traçado original das ruas.

As fachadas eram retilíneas, as janelas quadradas, o concreto da cor da amnésia. Os postes de luz projetavam uma luz fria. De vez em quando um banco, uma praça, árvores, acessórios de uma decoração, folhas artificiais. Não se contentaram, como no muro do quartel de Tourelles, em colocar um cartaz: "Zona militar. Proibido filmar ou fotografar." Foi tudo aniquilado, para que se construísse uma espécie de cidade suíça, da qual não se pudesse colocar em dúvida sua neutralidade.

Os restos de papel de parede que ainda pude ver há trinta anos, na rua dos Jardins-Saint-Paul, eram vestígios de quartos onde tínhamos morado antes – quartos em que viveram rapazes e moças da idade de Dora, que os policiais vieram buscar num dia de julho de 1942. A lista de seus nomes sempre vem acompanhada dos mesmos nomes de ruas. E os números dos edifícios e os nomes das ruas não correspondem mais a coisa alguma.

Aos 17 anos, o Tourelles era para mim apenas um nome que eu tinha encontrado no final do livro de Jean Genet, *Miracle de la Rose*. Nele estavam listados os lugares em que o escrevera: LA SANTÉ. PRISÃO DE TOURELLES, 1943. Ele também esteve lá, na qualidade de preso comum, pouco tempo depois da partida de Dora Bruder, e eles quem sabe se cruzaram. *Miracle de la Rose* não estava impregnado apenas de lembranças da colônia penitenciária de Mettray – um desses reformatórios para crianças, para onde se queria enviar Dora – mas também, vejo agora, Santé e Tourelles.

Eu conhecia frases desse livro de cor. Uma delas me vem à memória: "Esta criança me ensinou que a verdadeira origem da gíria parisiense é a ternura melancólica." Esta frase me evoca de tal forma Dora Bruder que tenho a sensação de que a conheci. Foram obrigadas a usar as estrelas amarelas crianças de nomes poloneses, russos, romenos, que eram tão parisienses que se confundiam com as fachadas dos edifícios, as calçadas, as infinitas nuances de cinza que só se veem em

Paris. Como Dora Bruder, todas falavam com sotaque parisiense, empregando os termos de gíria que Jean Genet diz corresponderem à ternura melancólica.

No campo de Tourelles, à época em que Dora lá esteve, as prisioneiras podiam receber encomendas, e também visitas, às quintas e aos domingos. E assistir à missa, às terças. Os policiais faziam a chamada às oito horas da manhã. As detentas ficavam em posição de sentido, na frente das camas. Na hora do almoço no refeitório comiam apenas repolhos. O passeio no pátio do quartel. O jantar às seis horas da noite. De novo a chamada. De 15 em 15 dias, as duchas, aonde iam de duas em duas, acompanhadas pelos policiais. Apitos. Espera. Para as visitas, era preciso escrever uma carta ao diretor da prisão, e não era certo obter a autorização.

As visitas ocorriam no início da tarde, no refeitório. Os policiais revistavam as bolsas dos que chegavam. Abriam os pacotes. Muitas vezes as visitas eram suspensas, sem razão, e as detentas eram avisadas somente uma hora antes.

Entre as mulheres que Dora pode ter conhecido no Tourelles, estavam aquelas chamadas pelos alemães de "amigas dos judeus": uma dúzia de francesas "arianas" que tiveram a coragem, em junho, no primeiro dia em que os judeus foram obrigados a usar a estrela amarela, de usá-la também, em sinal de solidariedade; mas o fizeram de forma insolente e fantasista, para as autoridades da Ocupação. Uma prendeu uma estrela no rabo do seu cachorro. Outra bordou: PAPOU. E outra: JENNY. Uma tinha costurado sete estrelas no seu cinto, e em cada uma havia uma letra de VITÓRIA. Todas foram presas na rua e conduzidas à delegacia mais próxima. Depois à prisão na Chefatura de Polícia. Depois para o Tourelles. Depois, em 13 de agosto, para o campo de Drancy. Estas "amigas dos judeus" tinham as seguintes profissões: datilógrafas, empregadas de papelaria, vendedoras de jornais. Dona de casa. Empregada doméstica. Empregada dos Correios. Estudantes.

No mês de agosto, as prisões foram ficando cada vez mais frequentes. As mulheres já nem passavam pela prisão, sendo levadas diretamente ao Tourelles. Nos dormitórios de vinte pessoas havia, portanto, o dobro. Nessa promiscuidade o calor era sufocante, e o desespero crescia. Compreendia-se que o Tourelles não era mais que uma estação de triagem, onde corriam o risco, a cada dia, de serem enviadas a um destino desconhecido.

Dois grupos de judias, num total de cem, já tinham partido para o campo de Drancy, nos dias 19 e 27 de julho. Entre elas estava Raca Israelowicz, de nacionalidade polonesa, com 18 anos, e que tinha chegado ao Tourelles no mesmo dia que Dora, talvez no mesmo camburão. E que foi, sem dúvida, uma de suas companheiras de dormitório.

Na noite de 12 de agosto, uma notícia espalhou-se pelo campo de Tourelles: todas as judias, e as que eram chamadas de "amigas dos judeus", partiriam no dia seguinte para o campo de Drancy.

No dia 13, de manhã, às dez horas, a chamada interminável começou no pátio do quartel, debaixo dos castanheiros. Almoçavam pela última vez sob os castanheiros. Uma ração miserável, que deixava todas esfomeadas.

Os ônibus chegaram. Eles eram em quantidade suficiente para que cada uma das prisioneiras pudesse ir sentada. Dora e todas as outras. Era uma quinta-feira, o dia de visitas.

O comboio aproximou-se, cercado de policiais de motocicleta e capacete. Saiu pelo caminho que atualmente é usado para se ir ao aeroporto de Roissy. Passaram-se mais de cinquenta anos. Construíram uma autoestrada, destruíram pavilhões, modificaram a paisagem deste subúrbio do nordeste para torná-lo, como o antigo quarteirão 16, o mais neutro e cinzento possível. Mas no trajeto para o aeroporto, as placas indicativas azuis ainda trazem os antigos nomes: DRANCY ou ROMAINVILLE. E, na própria margem da autoestrada, do lado da entrada de Bagnolet, encontramos destroços que são daquele tempo, um depósito de madeira, esquecido lá, e onde se vê escrito, bem visível: DUREMORD.

Em Drancy, naquela confusão, Dora encontrou seu pai, lá internado desde março. E nesse mês de agosto, como no Tourelles, como na prisão da Chefatura de Polícia, o campo foi cada vez mais se enchendo de gente que chegava em levas sucessivas, homens e mulheres. Uns vinham da zona livre, milhares deles, nos trens de carga. Centenas e centenas de mulheres, que foram separadas de seus filhos, vinham dos campos de Pithiviers e de Beaune-la-Rolande. E quatro mil crianças chegaram, por sua vez, em 15 de agosto e nos dias seguintes, depois que suas mães foram deportadas. Os nomes delas, escritos com pressa nas roupas, na saída de Pithiviers e de Beaune-la-Rolande, não estavam mais legíveis. Criança sem identidade nº 122. Criança sem identidade nº 146. Menina com 3 anos. Nome: Monique. Sem identidade.

Por causa da superlotação e prevendo os comboios que chegariam da zona livre, as autoridades decidiram mandar de Drancy ao campo de Pithiviers os judeus de nacionalidade francesa, nos dias 2 e 5 de setembro. As quatro moças que chegaram no mesmo dia que Dora no Tourelles, e que tinham todas 16 ou 17 anos, Claudine Winerbett, Zélie

Strohlitz, Marthe Nachmanowicz e Yvonne Pitoun fizeram parte desse comboio que transportou em torno de quinhentos judeus franceses. Eles tinham a ilusão, certamente, de que seriam protegidos pela nacionalidade. Dora, que era francesa, também podia deixar Drancy com eles. Não o fez por uma razão que é fácil adivinhar: preferiu ficar com o pai.

Ambos, pai e filha, foram levados de Drancy em 18 de setembro, com mil outros homens e mulheres, num comboio para Auschwitz.

A mãe de Dora, Cecília Bruder, foi presa no dia 16 de julho de 1942, o grande dia de prisões em massa, e internada em Drancy. Lá, durante alguns dias, ela esteve com seu marido, enquanto sua filha estava no Tourelles. Cecília Bruder foi libertada de Drancy no dia 23 de julho, sem dúvida porque tinha nascido em Budapeste, e as autoridades não tinham ainda dado ordem de deportação dos judeus originários da Hungria.

Terá ela podido visitar Dora no Tourelles às quintas ou aos domingos desse verão de 1942? De novo ela foi internada no campo de Drancy em 9 de janeiro de 1943, e partiu no comboio de 11 de fevereiro de 1943 para Auschwitz, cinco meses depois de seu marido e sua filha.

No sábado 19 de setembro, o dia seguinte da partida de Dora e de seu pai, as autoridades da Ocupação impuseram o toque de recolher, em represália a um atentado ocorrido no cinema Rex. Ninguém tinha o direito de sair, das três horas da tarde até o dia seguinte pela manhã. A cidade ficou deserta, como para marcar a ausência de Dora.

Desde então, a Paris na qual tentei encontrar suas pistas manteve-se deserta e silenciosa como naquele dia. Caminho pelas ruas vazias. Para mim elas continuam do mesmo jeito, mesmo à noite, à hora dos engarrafamentos, quando as pessoas correm na direção das bocas do metrô. Não posso nem mesmo me impedir de pensar nela e de sentir o eco da sua presença, em certos bairros. Na outra noite, foi perto da estação do Norte.

Nunca irei saber como ela passava os dias, qual era seu esconderijo, a quem via durante os meses de inverno de sua primeira fuga, e durante as semanas da primavera, quando novamente fugiu. Aí está o seu segredo. Um simples mas precioso segredo que os algozes, os decretos, as autoridades ditas da Ocupação, a prisão, os quartéis, os campos, a História, o tempo – tudo aquilo que nos empesta e nos destrói – nunca mais lhe poderão roubar.

Alguns parágrafos sobre *Dora Bruder*
por André de Leones

Na escrita de Patrick Modiano, o tempo flui em todas as direções e as personagens são, muitas vezes, construções precárias que desmancham e escorrem pelas frestas, por entre os dedos, noite adentro. Tal precariedade não é um problema, mas, antes, um índice de seu desvanecimento em tempos opressivos. Há, assim, uma insistência por parte do autor em reter algo delas, por mínimo que seja, e a despeito da noite. *Dora Bruder* me parece um esforço nesse sentido.

O narrador abre o romance dizendo que, em 1988, folheando um exemplar do *Paris-Soir* de 31 de dezembro de 1941, deu com uma nota sobre uma adolescente, Dora Bruder, que teria desaparecido. A partir daí, com a paciência de quem costuma "esperar horas sob a chuva", ele procura retraçar os passos dela e de sua família.

O período encampado pela busca é dos mais sombrios, em que a França ocupada trabalhava em conjunto com os nazistas para identificar, catalogar, prender e, por fim, deportar os judeus para os campos de extermínio. Naqueles tempos, era como se o inverno "separasse as pessoas, destruísse e queimasse as pistas, a ponto de lançar uma dúvida sobre a sua existência". A máquina administrativa lidava diretamente com a obliteração do outro.

Modiano nos leva à Paris nazificada e desvela uma cidade submersa, cujo estrangulamento se deu por etapas e quase que imperturbavelmente, enquanto o cerco às vítimas se fechava. A alma do autor se identifica com as ruas de uma cidade que parece tomada por uma enchente, aparecendo e desaparecendo sob a tormenta. Dora Bruder está por ali, escondida, em fuga; ela também se afoga, ou é estrangulada.

Há, no romance, um tatear inquisitivo e imaginativo para, décadas depois, distinguir aquelas pessoas da massa moída pela guerra e, assim, reconstruir as pistas de tal modo que não reste dúvida alguma sobre a sua existência e o seu destino. No limite, restitui-se a humanidade àqueles que foram gratuita e brutalmente esvaziados, anulados, despidos de si mesmos: "Somos classificados nas mais estranhas categorias, das quais nunca ouvimos falar, e que não correspondem ao que somos, em absoluto. Convocam-nos. Internam-nos. Bem que gostaríamos de saber o motivo."

O enfileiramento de informações biográficas sobre Dora e seus pais não dá conta de sua desventura, e o texto reforça isso: "São pessoas que não deixam vestígios atrás de si. Praticamente anônimas. Não podemos separá-las de certas ruas de Paris, de certas paisagens de subúrbio, onde descobri, por acaso, que moraram. O que sabemos dela se resume, quase sempre, a um endereço apenas." Procura-se fazer com que tais endereços, os locais em que teriam vivido, pelos quais passaram, digam algo de suas vidas, mas, reitere-se, aquela era uma Paris estrangulada, algo como um (e aqui desloco uma sentença do autor) "bloco de desconhecimento e silêncio".

A certa altura, os pais colocam Dora num pensionato católico e deixam de registrá-la no recenseamento exigido pelas autoridades, na verdade uma catalogação das futuras vítimas, uma forma de preparar as levas para a morte. Ela foge do pensionato. Duas vezes. É o que justifica a nota publicada no *Paris-Soir*, o que talvez tenha chamado a atenção das autoridades para a existência da jovem.

Escreve Modiano: "A fuga (...) é um grito de socorro, e quase sempre uma forma de suicídio. Assim mesmo, temos a sensação de um breve sentimento de eternidade. Não apenas rompemos as amarras com o mundo, mas também com o tempo." O destino de Dora e seus pais é tão trágico quanto previsível. Eles foram também vítimas do estrangulamento maior, a exemplo da própria cidade, da Europa inteira. O romance não quer revivê-los, mas dizer e repetir os seus nomes à medida que reconstitui seus passos. Os nomes levam aos lugares, os quais, juntos, de algum modo, restituem algo daquelas existências. Ali estiveram, ali viveram, ali morreram.

A partir de um dado momento, a busca pelo outro acaba por se traduzir numa busca por si próprio, mediante sua relação (do narrador, do autor) com a memória e com a cidade. Em vez de uma "cidade aberta", como Roma foi declarada em 1943, fica a impressão de que a Paris transtornada que emerge dessas páginas, mesmo décadas após o fim da ocupação, seja uma cidade fechada, dobrada sobre si mesma, como se procurasse esconder quaisquer vestígios daquele desvio que, no extremo, levou ao horror máximo, ao crime maior. Reside também aí a importância do esforço literário de Modiano. Ele resgata a cidade da submersão, faz com que ela, mesmo fraturada, ruinosa, ensombrecida, venha à tona. Tal proeza se dá porque romances como *Dora Bruder* reumanizam e ressituam os que partiram, restituindo-lhes as amarras com a cidade (que os engoliu), com o mundo (que os massacrou) e com o tempo (que até então os ignorava). Noutras palavras, Modiano re-historiciza os que foram riscados da História. E afrouxa a corda (sem jamais esquecê-la) dos que restam estrangulados.

PATRICK MODIANO teve estreia precoce na literatura, lançando o primeiro livro, *Place de l'Étoile*, aos 23 anos, em 1968. Com apenas dez anos de carreira foi consagrado com o prêmio máximo francês, o Goncourt, recebendo na mesma ocasião o Grande Prêmio de Romance da Academia Francesa, ambos pelo livro *Uma rua de Roma* (*Rue des Boutiques Obscures*). No ano 2000 foi agraciado com o Grande Prêmio de Literatura Paul Morand pelo conjunto da obra, reconhecimento de um talento invulgar que a atribuição do Nobel de 2014 veio ratificar em escala mundial.

Autor de 30 romances e de um total de 40 livros, que incluem obras infantis e de não ficção, Modiano se dedicou também à redação de roteiros cinematográficos, entre os quais o do célebre filme *Lacombe Lucien*, escrito em parceria com o diretor Louis Malle, em 1974.

Admirado e festejado pela irretocável beleza de seu estilo claro e fluente, Modiano curiosamente afirmou: "O que amo na escrita é, sobretudo, o devaneio que a precede. A escrita em si mesma, não, pois não chega a ser tão agradável. É preciso materializar o sonho na página, e, portanto, sair do mundo dos sonhos."

Impresso nas oficinas da
SERMOGRAF - ARTES GRÁFICAS E EDITORA LTDA.
Rua São Sebastião, 199 - Petrópolis - RJ
Tel.: (24)2237-3769